永远的"毛泽东号"

李蓉 齐中熙 / 著

外文出版社
FOREIGN LANGUAGES PRESS

序

对于"毛泽东号",很多人是有这个"情结"的。

"毛泽东号"是一个时代的坐标!

一些重要的时间节点,往往是我们民族历史的重要坐标。

1946年,率先解放的东北部分地区铁路工人开展"死车复活"运动,支援解放战争。10月30日,在工人们的请求下,"毛泽东号"机车组被正式命名,至今整整77周年。

这是被解放的工农对伟大领袖的崇敬,更是对新中国、新社会的渴望。从那时起,"毛泽东号"成为开路先锋,勇往直前,走过解放战争艰难岁月、新中国建设时期、改革开放和社会主义现代化建设新时期,一路迈进中国特色社会主义新时代。

安全走行1200万公里,相当于环绕地球300圈……

77年来,无论在哪个历史阶段,"毛泽东号"都能与时俱进、冲锋在前。车型换了一代又一代、机车组人员换了一茬又一茬,但作为"开领袖车、做领军人"的严格标准从未改变,永远是中国铁路的一个标杆。

为还原当年的场景、故事,我们翻阅了大量的史料,采访了为数不多还健在的老机车组成员;甚至还在旧书摊上找到了当年第二任司机长李永和第三任司机长郭树德的出国日记。我们还翻阅了中央档案馆、新华社图片档案、"毛泽东号"机车展室,研究"毛泽东号"展览馆的每一件文物……一个个时间记忆的碎片就这样拼接起来，再现"毛泽东号"的荣光。

"毛泽东号"是一种精神的传承！

"锹锹数、两两算，点滴节约汇大川"；

"半分钟"传统；

"报效祖国、忠于职守、艰苦奋斗、永当先锋"

……

77年披荆斩棘、不断根据时代需要形成的"毛泽东号"光荣传统，穿越时空、历久弥新。

习近平总书记指出："一切向前走，都不能忘记走过的路；走得再远、走到再光辉的未来，也不能忘记走过的过去，不能忘记为什么出发。"

在本书中，我们想通过一个个感人的故事、一张张珍贵的照片、一帧帧流动的画面、一串串不断进步的数据，找寻他们一路走来的精神密码。我们也想穿越梦幻的时空，去感知体会他们的精神世界，提升我们的意志品格。

永远的火车头！致敬！

李 蓉 齐中熙

2023 年 7 月 1 日

目录

第一章　风卷红旗过大关——走过烽火岁月的"毛泽东号"
第一节　踏遍青山人未老 / 4
第二节　快马加鞭未下鞍 / 8
第三节　风物长宜放眼量 / 13
第四节　而今迈步从头越 / 16

第二章　红色记忆
第一节　解放战争的烽火岁月 / 22
第二节　新中国建设时期的奋斗历程 / 40
第三节　改革开放和社会主义现代化建设新时期的开路先锋 / 96

第三章　新时代的"毛泽东号"
第一节　迈入新时代 / 134
第二节　奋进再扬帆 / 148
第三节　最美奋斗者 / 164

第四章　毛泽东与"毛泽东号"
　　第一节　难忘的第一次握手 / 198
　　第二节　珍贵的签名 / 201

第五章　"毛泽东号"访谈录
　　第一节　李永：被铁路机械化深深震撼 / 206
　　第二节　郭树德：收到苏联劳动英雄的珍贵礼物 / 210
　　第三节　甘洒热血写春秋 / 213
　　第四节　百尺竿头更进一步 / 217
　　第五节　"能踏上这台机车，那是很光荣的事" / 223
　　第六节　"问不倒的火车头" / 230
　　第七节　做好新时代"毛泽东号"人 / 235

附　录
　　"毛泽东号"的十枚车徽 / 241
　　"毛泽东号"机车历任司机长 / 244
　　"毛泽东号"的五次换型 / 252

77年来,"毛泽东号"承载着一代又一代中国铁路人对党、对祖国、对铁路的热爱,用生命绘就了一个个奇迹,传承、发扬、创新着"报效祖国、忠于职守、艰苦奋斗、永当先锋"的"毛泽东号"光荣传统,形成中国铁路强大的精神力量,指引着一代又一代中国铁路人不忘初心、继续前进!

第一章

风卷红旗过大关

走过烽火岁月的"毛泽东号"

一台悬挂着金色毛泽东像的火车头，冲破硝烟、穿越时光，呼啸而来。

这就是"毛泽东号"机车，一列诞生于战火纷飞年代、承载着红色基因的火车头。

77年一路驶来，艰苦奋斗屡创奇迹，安全走行1200万公里，相当于环绕地球300圈，跨越新中国不同历史时期，见证了中国铁路由小变大、从弱到强的发展历程。

77年一路风雨，百折不挠日夜兼程，13任司机长、184名机车乘务员与这台机车一起，践行着不变的"毛泽东号"光荣传统：报效祖国、忠于职守、艰苦奋斗、永当先锋！

77年一路辉煌，追逐梦想勇攀高峰，先后跨越蒸汽、内燃、电力3个动力时代，经历5次机车换型，6台机车演绎着铁路人矢志不渝、忠诚无悔的信念追求。

"毛泽东号"的力量，升腾于铁路人忠于祖国、忠于人民，不忘初心、继续前进的理想信念；

"毛泽东号"的道路，记录了中国人奋力创新、勇创一流的心路历程；

"毛泽东号"的模式，彰显着社会主义制度凝聚的团结协作、无私奉献的强大力量。

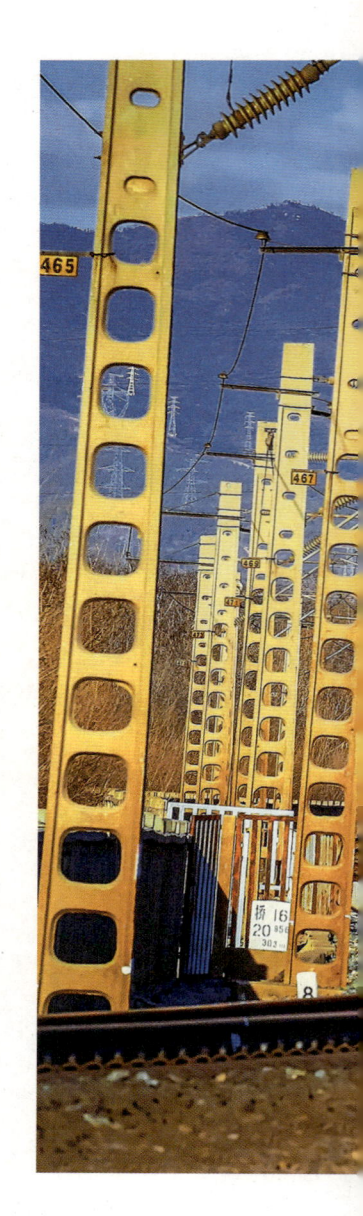

"毛泽东号"机车奔驰在祖国广袤的大地上

第一节

踏遍青山人未老

"报效祖国"是"毛泽东号"自成立以来就拥有的"红色基因"

> "我们要把'毛泽东号'四个字刻在心上,打先锋、多立功,不怕飞机炸、不怕大炮轰……"
>
> ——"毛泽东号"第一任司机长陈捷三

"毛泽东号"光荣的名字,要从 77 年前说起。

抗战胜利前夕,溃逃的日军大肆破坏设备。为了保留战略物资,铁路工人把这台机车隐匿起来。

1946 年,解放战争打响,哈尔滨机务段原有的几台破旧蒸汽机车远远无法满足为前线运输物资的需要。此时,工人们想起了那台被藏匿起来的机车。

这是一台怎样的机车啊!

千疮百孔,破烂不堪,风泵、水泵、电机和小配件都没有了,锅炉外皮被剥落了,只有司机室两侧"304"车号的字样还能辨认出来。

这样一台只剩骨架的机车,要修复它会是多么艰巨的一项任务!

在中国共产党的领导下,哈尔滨机务段的铁路工人开展了"死车复活"运动。

为了抢修机车,工人们吃住在现场,像沙里淘金一般反复在废铁堆里寻找可用的材料——在连续抢修 27 个昼夜后,临近报废的旧机车摇身变成了车身油黑锃亮、铜钟金光耀眼的崭新机车。

1946 年 10 月 30 日,经中共中央东北局批准,这台机车被正式命名为

"毛泽东号"。

"用毛主席的名字最好，最能表达大家伙儿的心情！过去是亡国奴，现在当家做主人，毛主席是咱们的大救星啊！"陈捷三感慨地说。

"毛泽东号"的正式命名，让机车组全体同志受到极大鼓舞，也感到自己肩上的担子更重。当时，国民党反动派正对我东北解放区发动更大规模的进攻，哈尔滨已经成为解放区的前沿阵地。

必须保证铁路大动脉的畅通！

"咱们要给自己立个规矩：革命的事抢着干，新鲜的事抢着试。"

"现在事情多、机车少，要多跑公里保安全。别人1个月跑3000公里，咱们保证跑4000公里。""毛泽东号"机车组的同志热烈讨论着，很快确定了劳动竞赛的奋斗目标和保证条件。

"毛泽东号"的第一个任务不是运输而是排雷。当时，滨绥线乙线被日本侵略者埋上了地雷，开通运输需要先排雷。"毛泽东号"必须带头往上冲。

怎么冲？工人们想了1个办法——将3辆运货的平板机车加在车头前方，炸飞一辆再换上一辆。就这样，"毛泽东号"顺利打通了铁路线。

遇到困难，不避不让。讲究科学，勇往直前。

一天，"毛泽东号"担负军事运输任务，从佳木斯开向哈尔滨。经过一站又一站，前方就要经过一座小型铁桥。忽然，同志们发现了停车信号，列车停住了。

"发生什么事了？"同志们面面相觑。经过观察，原来是原有的铁桥被土匪炸坏，一时难以修复。为了及时恢复通车，他们在原桥的旁边，用压实的枕木垛在河冰上架起了一座简易桥梁。

冰上架桥，200来吨重的机车从冰桥上通过，这在以前听都没听说过。如果河冰破碎，连人带车都要掉进河里，但如果等铁桥修复，就会耽误大事。

路只有一条——闯过冰河！

陈捷三立即和司机秦永树一起，对冰桥进行检查，研究安全措施。之后，

永远的"毛泽东号"

在京山线上行驶的"毛泽东号"机车

"毛泽东号"牵引着军用列车，开上这座简易冰桥。

秦永树开车，陈捷三站在他身后，紧张而镇定地指挥。此时，机车不是跑，也不是走，而是左右摇晃，一步步向前蹭。可陈捷三还在喊："慢点，再慢点！"

机车压在冰桥上，发出咯吱咯吱的响声。陈捷三的心都提到了嗓子眼，屏住呼吸，瞪圆双眼。秦永树手握闸把，做好随时停车的准备，头上沁出了汗珠。就这样，一步一步，列车安全闯过了冰桥。

像这样的故事，在"毛泽东号"身上数不胜数。

第二节

快马加鞭未下鞍

"忠于职守"是"毛泽东号"安全走行 77 周年的"成功密码"

"责任心＋责任制＋基本功＝安全正点"。改革开放时期,"毛泽东号"带头多拉快跑,他们总结出这条安全基本经验,推广全路。

这是"毛泽东号"班组几十年不断总结、提升的成果,也是"毛泽东号"安全走行 77 年、1200 万公里的"成功密码"。

类似这样的"密码"还有很多:

"解放军打到哪里,铁路修到哪里,'毛泽东号'就开到哪里";

"宁叫机车等命令,不叫命令等机车";

"手不离闸把,眼不离前方,背不靠座椅,说话不对脸,吃饭不同时,沏茶不谦让";

……

1975 年秋天的一个深夜,司机王作田在丰台西站挂上了一趟开往南仓的长大货物列车。由于其他方面的原因,列车晚开了 3 分钟。

王作田想,每趟列车的正点与否,都关系着运输全局。这趟车晚点 3 分钟,将会影响到后面几趟车也晚点。所以,一定要把这 3 分钟抢回来,保证本趟列车正点,为后续列车正点创造有利条件。

他把这个想法告诉了同车的两个伙伴,大家都表示赞成。

开车了,副司机小刘和司炉小王轮流焚火。机车火旺汽足,列车飞驰前进。要知道,长大货物列车要抢出 1 分钟都是要付出巨大努力的。

跑出几站地,王作田拿出怀表一看,高兴地对小刘、小王说:"已经抢出两分半钟了,咱们再加把劲,还差半分钟。"

可就在这时,在机车大灯的光亮中,只见车窗外树木摇晃起来,黄沙开始飞扬——起风了,而且风越刮越大。

火车是不怕正面顶风的,就怕拦腰风。现在他们遇到的就是拦腰风。列车前进遇到了很大阻力。又过了两站,那半分钟不仅没抢回来,反而又搭进去半分钟。

"说什么也要抢到正点!" 3个人异口同声,互相鼓励。

"毛泽东号"与大风纠缠着、搏斗着,又抢回了半分钟,还差30秒。还有两站就到终点站了,这半分钟还抢不抢?

"宁肯汗满身,决不让列车晚半分!"此刻,就像长跑运动员开始最后的

2021年,"毛泽东号"机车组成员出乘前认真落实责任制。

冲刺，3个人铆足了劲儿，挥汗如雨，团结战斗。

时间一秒一秒地过去，他们一秒一秒地争取。当列车到达终点站时，正好恢复了正点！

从此，"毛泽东号"又形成了"半分钟"传统，对今后"毛泽东号"机车组在工作中克服困难、夺取胜利，起到很大的鼓舞作用。

"高标准、严要求"，"毛泽东号"班组自我加压、忠于职守的精神代代相传。

"上了'毛泽东号'，就意味着别人做不到的，'毛泽东号'得做到；别人不愿干的，'毛泽东号'必须干。因为我们是'毛泽东号'人，就要比别人多付出。"

"毛泽东号"机车组第十一任司机长赵巨孝在采访中做出了这样的坚定回答。

每当遇到急难险重任务的时候，"毛泽东号"机车都是"首发车"。

1998年京九铁路大动脉运力紧张之际，"毛泽东号"第十任司机长葛建明主动请缨上京九，离开跑了50年的京山线，踏上新征程。

2006年10月30日，是"毛泽东号"命名60周年纪念日。从"毛泽东号"司机岗位上退休多年的胡春东，已经因病

2021年,"毛泽东号"和复兴号奔驰在祖国广袤的大地上。

不能行走。他坐着轮椅来到"毛泽东号"文化广场,看着年轻一代职工和停放在展台上的机车,脸上露出了欣慰的笑容。

  此后不久,老人家去世了。老人家的儿子流着泪说:"如果不是等着庆祝'毛泽东号'命名60周年,两个月以前他可能就不在了。临终前父亲已经认不出人了，嘴里却不停地喊着'我的火车，我的火车来了，我看见"毛泽东号"来接我了。'"

他能看见"毛泽东号"机车，能听见"毛泽东号"的汽笛声！

2008年5月12日，四川汶川发生8.0级特大地震。这是新中国成立以来破坏力最大的地震，也是唐山大地震后伤亡最严重的一次地震。

一时间，大量"抢"字头救灾列车源源不断开往灾区，赵巨孝带着机车组全体乘务员冲在了最前头。

只有一天准备时间，来不及和家人告别；坐在驾驶室目不转睛盯着前方纵横交错的铁轨，一口气跑出200多公里，以最快速度更换内燃机车头，继续奔向灾区……

提起13年前的那趟运输任务，"毛泽东号"第十二任司机长刘钰峰记忆犹新。当时，他还只是一名普通值乘司机，心里却始终牢记赵巨孝反复叮嘱的一句话："越是困难越向前，铁路工人永远是冲在前面的火车头！"

2020年，面对突如其来的新冠肺炎疫情，"毛泽东号"机车组全员上岗，"85后"的王振强作为第十三任司机长，带领车组全体党员面对党旗宣誓，郑重写下"请战书"。王振强说："作为一名党员，在这种时候，肯定要冲在一线，为祖国和人民做出贡献。"

任凭岁月流转、一台又一台车型变换，换不走的是"毛泽东号"在祖国万里铁道线上安全领跑的宝贵经验，"毛泽东号"一代代铁路人传承下来的忠于职守，以及激荡在每一位"毛泽东号"人血液中的坚守细胞。

第三节

风物长宜放眼量

"艰苦奋斗"是"毛泽东号"代代传承的"传家宝"

"毛泽东号"形成了一条不成文的规矩：不管是谁，只要见到小螺丝、铁丝、眼圈儿，甚至破布……都要视为宝贝捡起来放好备用。

后来，不知是谁找来了一只大铁箱，专门来放这些捡来的"宝贝"。大家给它取名叫"万宝箱"，还在显眼处，画上了3颗红五星，成为"毛泽东号"的传家宝。

说起这个传家宝，还要追溯到解放战争年代。

那时条件艰苦，机车配件奇缺，甚至擦车用的棉丝也不能保证。缺的不仅是擦车布，还有油脂、煤炭。机车煤消耗量大，当时煤炭又很紧张，有些机车甚至被迫烧过劈柴、豆饼。

困难像熔炉，激发着人的革命意志，锻炼着人的智慧和艰苦奋斗精神。

"毛泽东号"机车展室内景

1971年,"毛泽东号"第六任司机长郭映福讲解乌拉草使用方法,传承变废为宝的优良传统。

"毛泽东号"第二任司机长李永带领全组同志,在"节约一滴油、一块煤,为了支援解放战争"的口号鼓舞下,积极行动起来。

他们跑完车回来后不休息,到废铁堆里找配件,又自己动手,给机车安装了挡风窗和风笛,整修其他各处。

就是这样,一滴油、一块煤、一块布、一把草……"毛泽东号"人厉行节约的优良作风在这里展现,代代流传。闪耀着艰苦奋斗光辉的"万宝箱",安放在机车头前方正中央。在它的上方,高挂着毛主席的画像。

在"毛泽东号"机车展室内,还有一个不起眼的小铁罐,由于长年盛放机油,黝黑得发亮。

当年,这样的小铁罐就挂在司炉高俊亭的胸前。在困难时期,物资比较缺乏。他见每次给机车压黄油,油眼外面都挤出一点点,白白扔掉太可惜,就不声不响地找了一个废旧小铁罐。压油时挂在胸前,把挤在外面这一豆粒大的油抹到小罐里去,收起来再用。

高俊亭,1961年上的"毛泽东号",后来成为第八任司机长。在这台机车上,他由司炉升到司机,从单纯质朴的青年成长为一名光荣的共产党员。

擦车用的棉丝短缺,他就顶着火辣辣的太阳,流着大汗,从几里地以外的地方，用麻袋把锯末背到机车上，用来代替棉丝，以减轻一点国家的负担。因而同志们都称他为"老黄牛"。

当别人问他为什么这般计较时，他说："一滴油不算多，天长日久汇成河。"

小事做起，日积月累，精打细算，点滴汇川。诸如此类艰苦奋斗的小故事，在"毛泽东号"中比比皆是。

"锹锹数、两两算，点滴节约汇大川"——无论在战争年代，还是社会主义革命和建设时期，"毛泽东号"就是凭借这样的精神，励精图治，厉行节约反对浪费。成员们永远保持铁路职工艰苦创业、自强不息的传统，越困难越鼓劲，永拉上坡车。

1956年出版的《人民日报》刊登了郭沫若采访第四任司机长岳尚武后做的文章《访"毛泽东号"机车》：

"从前使用大锹，一上煤就是一二十铲。大家商量：煤是必须省，一锹省两公两，五千锹便可省一吨。于是老锹切掉小半段，实行三锹制，三年间就省煤六百八十吨还有零头。"

2011年3月，"'毛泽东号'机车组"更名为"'毛泽东号'班组"，作业方式由包乘制改为轮乘制，乘务员由原来的9名增加至25名。

"毛泽东号"第十一任司机长赵巨孝说，在推进铁路科学发展的新阶段，"毛泽东号"机车每安全走行1公里，每超轴运送1吨货物，每节约1度电，都有它不同寻常的意义。

更换新型大功率电力机车后，"毛泽东号"班组老作风没有丢，大家一起分析总结出了HXD3B型机车节电操纵办法。"毛泽东号"第十二任司机长刘钰峰通过平稳操作、改变制动方法，一趟车可以省电1200元，一年就可以省14万余元。

"制止浪费人人可为，养成习惯事事能省。生活上要弘扬俭朴的传统美德，工作中要把节支降耗化作自觉行动。"

2013年3月15日，"毛泽东号"班组向北京局干部职工发出倡议：响应党中央关于勤俭节约的号召，从自身做起增强节俭意识，大力反对铺张浪费的行为。

第四节

而今迈步从头越

"永当先锋"是"毛泽东号"一路向前的"动力之源"

在"毛泽东号"机车组当中，产生过 8 名全国劳动模范和五一劳动奖章获得者，9 人次当选为全国党代表、全国人大代表和全国政协委员。

"毛泽东号"机车组是一个团结的集体，他们不仅获得"最美奋斗者"的最高荣誉，还是"有力量、有智慧、有技术、能发明、会创新"的中国产业工人杰出代表。

"毛泽东号"入关时的乘务员朱殿吉，有着 70 多年的党龄。他的记忆深处，总回荡着"毛泽东号"入关的情形。

2021 年"七一"前夕，中国国家铁路集团有限公司党组领导轻轻地为他佩戴上金光闪闪的"光荣在党 50 年"纪念章，对这位老同志动情地说："感谢你为党做出的贡献。"

"你从关外滚滚硝烟中走来，战火中挥洒你青春的豪迈。你用自己勇往直前的信念，驰骋在解放战争运输动脉。"90 多岁高龄的朱殿吉老人满含热泪地吟唱起《毛泽东号之歌》。

2021 年 7 月 1 日，"毛泽东号"机车组第十二任司机长刘钰峰在天安门广场参加庆祝中国共产党成立 100 周年大会后激动地说："党把这把闸交给我们，我们就要让党放心！无论何时，我们'毛泽东号'人都会开好伟人车，传承弘扬好'毛泽东号'光荣传统！"

2012 年 4 月，刘钰峰接过师傅赵巨孝双手递交的闸把，成为"毛泽东号"第十二任司机长。

对历任司机长来说，闸把有着特殊的含义。交出闸把的那一刻，意味着把开好安全车和"毛泽东号"光荣传统传承下去，"接过接力棒，就要跑好下一程"。

"我始终感觉有一种力量，在推着我们快跑、快跑，追逐梦想。"刘钰峰说，每次看到旅客在车徽旁拍照的时候，他打心底里觉得骄傲。

每当有新选拔的司机进入班组，刘钰峰都会在"毛泽东号"机车展室为参加培训的"徒弟们"讲授"第一课"——"毛泽东号"车史。

"'毛泽东号'机车诞生于炮火纷飞的战争年代……"数十次讲解，刘钰峰总会在1张老照片前驻足良久。有些模糊的黑白照片上，巨大的蒸汽火车头斑驳破旧，车身和铁轨上站满铁路工人。

2014年，刘钰峰经历了两件终生难忘的大事——

7月1日13点38分，"毛泽东号"机车牵引着K1071次旅客列车，由北京西站缓缓驶出，开往阜阳。这意味着"毛泽东号"彻底告别了68年的货运列车历史，从此作为客运列车使用。

12月25日15点25分，拉响风笛的"毛泽东号"，牵引T1次列车缓缓驶出北京火车站。车头上依然是金色毛泽东像，车身换成了更加醒目的红色。这是"毛泽东号"机车第五次换型，最高时速可达160公里。

从蒸汽机车到内燃机车再到电力机车，"毛泽东号"5次换型，使用过6台机车，见证了中国铁路事业的发展，更见证了新中国的建设、改革、发展。

"毛泽东号"机车每次换型，都伴随一个时代的到来。

1977年，"毛泽东号"结束了30年使用蒸汽机车的历史，更换为首批国产东风4型0002号内燃机车。一年后，改革开放拉开大幕。

1991年，"毛泽东号"机车第二次换型为东风4B型1893号内燃机车，以适应不断发展的铁路运输市场形势。

2000年，"毛泽东号"机车第三次换型为动力更强劲的东风4D型1893号机车。这一年，党中央提出新世纪之初经济发展思路，铁路也实现了第三次大提速。

2010年，中国进入高铁时代，为适应铁路改革形势的发展需要，"毛泽东号"机车第四次换型为和谐3B型电力机车。

2014年，"毛泽东号"机车第五次换型为和谐3D型电力客运机车。这一年被视为全面深化改革元年。

换型，意味着新车型、新路线、新压力，一切要从头开始。

2014年那次换型，刘钰峰带着大伙儿对沿途设备反复勘测，把1593公里、161个车站、159个弯道桥梁隧道、1070架信号机全部铭记在心，并编制出上万字的《平稳操纵手册》，形成严格规范。

2018年12月26日，在"毛泽东号"上工作19年的刘钰峰又将同一闸把郑重传递给了徒弟王振强。

"毛泽东号"奔跑的速度越来越快，车头前的毛泽东像也悄然发生着变化。

历经5次换型的"毛泽东号"机车

1978 年制作的 370 公斤车徽，曾经牵动了北京市 11 个局及其下属单位的力量。如今，车徽换成了更轻的碳纤维材质，重量降到 90 公斤。

"出站信号绿灯……北京西站，客车 Z1 次列车启动！"

2021 年 7 月 1 日 18 时，伴随着一阵轰鸣，"毛泽东号"机车牵引满载旅客的列车驶出北京，开往毛泽东主席的故乡湖南长沙。

司机长王振强右手紧握着操纵手柄，目视前方。这名年轻的"85 后"小伙子，肩上扛着的是有 75 年光辉历史的"毛泽东号"机车组第十三任司机长的重任。

他以年轻人的朝气，以一名共产党员的担当，驾驶着这台英雄机车驰骋神州大地，和同事们一起用汗水，书写着这台"火车头中的火车头"的新传奇。

它，从枪林弹雨的解放战争中走来，经历了解放全中国、建设新中国的光辉岁月，承载着红色记忆，见证了中国铁路由小变大、从弱到强的发展历程；

它，是中国第一台以领袖名字命名的机车，引领着中国铁路人在艰难中探索、在磨难中奋起、在拼搏中奉献，淬炼了坚如磐石的理想信念，铸就了一座不朽的精神丰碑。

它，就是"毛泽东号"——77年披荆斩棘、拼搏向前。先后跨越蒸汽、内燃、电力3个动力时代，历经5次换型、6台机车，所形成的"报效祖国、忠于职守、艰苦奋斗、永当先锋"的光荣传统，穿越时空、历久弥新。

截至2023年，"毛泽东号"机车实现安全走行1200万公里，相当于环绕地球300圈。

第二章

红色记忆

第一节

解放战争的烽火岁月

光辉的命名

"毛泽东号"如何诞生？让我们穿越历史，回到解放战争年代——

1945年日本战败投降后，东北即成为国共两党两军争夺的焦点。

在美帝国主义支持下，国民党撕毁国共停战协定，从关内调集约30万部队进驻东北，夺取抗战胜利果实，并先后占领了沈阳、抚顺、本溪、四平、长春等城市。

1946年2月26日，驻东北苏军参谋长柯里琴科中将宣布开始由南至北陆续撤军。苏军要撤出哈尔滨的消息传出后，引起人们极大不安。人们不想让腐败的国民党接收大员们控制哈尔滨。

4月26日，哈尔滨市各界代表130人联名电吁东北民主联军迅速进驻，中共北满分局为此决定立即进军哈尔滨。

1946年4月28日3时，部队开始向市内前进，后在哈尔滨市70万市民的热烈欢迎下，顺利进驻哈尔滨市。

哈尔滨作为全国解放最早的大城市，翻开了历史新的篇章。随即全力以赴投入到保卫解放区和解放东北的战斗中。各地支援解放战争的大批物资源源不断涌上了铁路线。担任这些物资运输任务的哈尔滨机务段，把能使用的机车都用上了，仍然满足不了需求。

为了支援东北解放，缓解铁路运输运力不足的困难，哈尔滨机务段的工人们开展了"死车复活"运动。

红色记忆

1946年，工人们在拉回来的"ㄇㄎ1-304"号机车前合影。

1946年9月初的一个清晨，机车整备司机陈捷三驾驶着调车机车，顶着一台破损机车向架修车库缓缓移动。

检修车间制动组工人于振江领着几名工人迎上前去，仔细端详起这台破损机车：车身破败不堪，只可依稀辨认出司机室两侧"304"车号的字样，修复难度不难想象。

就是这样一台只剩骨架的机车，要修复它将是多么艰巨的一项任务！

之后的日子里，架修车库里开始了热火朝天的战斗，"ㄇㄎ（读音：moke）1-304"号机车的修复工作昼夜进行。与此同时，工人们也在琢磨着，该给修复好的机车起一个什么响亮的名字。

"铁道好比毛主席的马列主义路线，车头就是共产党，毛主席就是这列车的指挥人。"

"对，应该叫'毛泽东号'。"

"就叫'毛泽东号'。"

工人们斗志昂扬，发出一个共同的声音。

当年10月，经过27个昼夜的奋战，工人们抢修出了一台蒸汽机车，这是日本从在中国造的最后一批蒸汽机车中的一辆。

新生的"ㄇㄢ1-304"号机车完全变了样子：车身油黑锃亮，铜钟金光耀眼，司机室两侧"毛泽东号"四个金色大字代替了原来的"ㄇㄢ1-304"。机车前上方的镜框里，镶着毛主席头戴八角帽的画像。

经过领导提名、群众选举，陈捷三成为"毛泽东号"第一任司车长，"毛泽东号"机车组正式成立。

"我们要把'毛泽东号'四个字刻在心上，打先锋、多立功，不怕飞机炸、不怕大炮轰，安全、迅速地运送弹药，支援大军狠狠打击国民党……"陈捷三对机车组同志们说。

1946年10月30日，这是历史上值得铭记的一天——

中共中央东北局按照工人们的要求，将这台机车命名为"毛泽东号"，赋予它"机车领袖"的使命。这天，在哈尔滨机务段全体职工大会上，铁路局长代表铁路局军管会郑重宣布："ㄇㄢ1-304"号机车正式命名为"毛泽东号"。

自命名之日起，"毛泽东号"机车就实行包车负责制。所谓包车负责制，是将1台机车分配给固定的机车乘务组，设司机长1人，包乘组在司机长的领导下，负责所在包机车的运用、安全、保养、节约、整备、保管、交接等工作。也就是说，机车包乘组负有对所包机车的包用、包养、包管全部责任。

1946年10月30日，命名后的"毛泽东号"机车威风凛凛，立即投入到紧张繁忙的运输一线。

永远的"毛泽东号"

1946年10月30日，机车命名为"毛泽东号"，首批包乘组成员与领导在车前合影。

红色记忆

艰苦岁月

1947年6月9日上午，哈尔滨机务段的机车整备场上。跑了一夜车的司机李永进入运转室。

"回来啦，快，军代表找你，快去吧。"值班员对李永说。李永赶快来到军代表处。

"老英雄啊，领导研究决定，给你个重要任务。"军代表宋力刚见到李永笑着说。

"坚决服从上级安排。"

"陈捷三同志要下车入学了，现在就派你到'毛泽东号'担任司机长。"

"我？"李永既兴奋又感到责任重大。能到领袖名字命名的机车担任司机长，是莫大的光荣和领导群众的信任。同时，当时由于国民党反动派猖狂进攻，经济上长期封锁，加上土匪破坏，解放区物资极度缺乏，不要说机车用的

"毛泽东号"机车第一任司机长陈捷三

红色记忆

"毛泽东号"机车第二任司机长李永（左）和包乘组人员谈论安全行车注意事项

配件、油脂、煤炭，甚至连擦车布都匮乏。

军代表宋力刚看出了李永的心情，对他说："眼下我们的确很困难，但只要按照毛主席的指示，依靠全组同志，自力更生、艰苦奋斗，就一定能够克服各种困难。'毛泽东号'一定能成为战胜困难的火车头。"

就在这时，陈捷三也来了，两位司机长坐在了一起。

"说实话，我真舍不得离开啊。"陈捷三抓住李永的手，"'毛泽东号'已经安全走行了9万公里，在全段数第一。现在，我把它交给你了。"

没想到，李永上"毛泽东号"后的第一趟车就遇到了一件棘手的事。

29

1947年5月1日，"毛泽东号"机车与"朱德号"机车披挂一新，职工在车前欢庆哈尔滨解放后的第一个劳动节。

这天下午，李永接了班，检查确认机车状态良好后，才出库挂上列车出发。列车刚开了一站地，机车上的两台水泵就突然不能向锅炉里注水了。蒸汽机车，全靠水产生蒸汽。如果不能当机立断处理好，机车就得被迫落火，烧坏锅炉，造成事故，请求救援。

就在大家着急的时候，李永镇定地判断着水泵发生故障的原因。他看了看锅炉水表的水位，对其他同志说："做好准备，维持到前方站处理。"到了前方站，李永抄起手锤和扳手，这儿敲敲、那儿捅捅，最后爬上锅炉顶，把一个阀门紧了紧、又松开。嘿！两个水泵又都上水了。原来是水泵内部一个很难检查的零件损坏了。

处理水泵故障像一道严格的考题，李永交上了一份合格的答卷，给"毛泽东号"的同志们极大鼓舞。但在李永看来，这件事情给他们提出了一个严肃的问题：越是条件困难，越要加强机车保养。但保养机车，又必须有一定材料，这怎么解决呢？

"要保养好机车，就要勤检查、勤擦拭。"同志们说。

"没错，可是公家现在有困难，处处要节俭。咱们不领擦车布，自己想办法行不行？"李永对大家说。

他又说，谁家有破布头、破麻袋、旧草帘，都可以贡献出来。我们动动脑筋，还会找出许多节约的门路。

大家热烈响应李永的提议，思路也打开了，想出不少节约擦车布的办法：用水冲洗锅炉外皮的灰尘；用砖头瓦块打磨连杆；到了冬天，往连杆上浇水，让它跟脏东西冻在一起，然后用锤子一敲就全掉干净了……

哈尔滨机务段扇形车库——"毛泽东号"机车诞生地

1947年,"毛泽东号"机车第二任司机长李永在"毛泽东号"机车上。

风雪一面坡

李永不愧是老英雄,1947年冬季运输开始的第一天,就打了个漂亮仗,震动了全哈尔滨机务段。

在东北,冬天来得格外早,10月1日就开始实行冬季列车运行图。这天,李永驾驶着"毛泽东号",拉着满载的列车,穿山越岭,从一面坡向哈尔滨奔驰。

滨绥线哈尔滨至一面坡间,全长162公里,是哈尔滨周围五条干线中行车最困难的一条。它的沿途山大沟深,起起伏伏,有5个大坡道、7个S型大弯道。这里,夏天露水多,春秋霜冻多,冬天风雪多,钢轨上有雨、露、霜、雪,机车跑起来易打滑,上坡道常引起坡停,下坡道刹车困难,容易造成撞车和其他事故。尤其在冬季,这里经常狂风大雪,气温在零下三十多摄氏度,行车更加困难。凡是一听说要跑一面坡,机车乘务员们就都有些发怵。

这会儿,李永开着列车来到了蜜蜂站。从蜜蜂站到帽儿山,是12‰的上坡道,也就是每前进1千米,线路就上升12米,还有S型大弯道,铁路挂在半山腰。有人形容这里是"鬼见愁,帽儿山,顶风冒雪难登攀"。这是哈尔滨至一面坡困难区段中最困难的地段之一。

因此,每到冬季,按规定,列车到了这里都要增加一台补助车,也就是两台机车,前拉后推,闯过坡道。

然而,这天机车很紧张。李永就盘算起来,"毛泽东号"机车质量高,司炉烧火技术比较好,又是冬季运输刚开始,为什么不能甩掉补助车呢?

两个伙计也支持他的想法。于是,3个人做好了充分准备,结果用一台机车就把满载列车拉上了帽儿山,还早到了两分钟。

"毛泽东号"机车包乘组组员合影

李永他们这一创造性的行动打破了多年的惯例，为提高铁路运输能力开辟了一条新的路径，受到了铁路局和机务段领导的重视和表扬。这喜讯传遍全段，大家备受鼓舞，一鼓劲儿，就决定把补助车全给取消了。

　　"我提个想法。"学习司炉的胡春东涨红了脸，显然有些激动，"大冬天，跑一面坡困难，咱们'毛泽东号'就专跑一面坡。"

　　"哪里困难就到哪里去，毛主席可说过这个话，同志们有什么意见？"李永兴奋地说。

　　"专跑一面坡，千斤重担咱们抢着担！"同志们说。

　　这天，风雪交加，"毛泽东号"牵引着列车向一面坡驶去。李永他们越过一坡又一坡，前边又是一个长大上坡道。

　　"毛泽东号"用尽全力，蜿蜒而行。从远处看，就像一条巨龙在云海中游动。司机室内，距炉门两尺远的地板上结了冰，窗玻璃上也是厚厚的冰。李永探身窗外，任凭风吹雪打，两眼直视前方。

　　这趟车烧的是劣质煤，火苗才几寸高。坡道大，风雪疾，煤质劣，稍有不慎，就会造成行车坡停事故。司炉郑笃功吃力地烧着火，累得浑身大汗。李永问："老弟，累不累？"郑笃功直起身，用手背抹了把汗水说："没问题，你就敞开跑吧！"

　　"毛泽东号"碾碎千里雪，列车正点到达了一面坡。调度员在电话里惊喜地问："风雪天，别的列车都晚点，为什么你们能正点？"

　　李永笑着说："同志们保养精心，机车质量好，两伙计烧火技术好！"

　　就这样，1947年的整个冬季，"毛泽东号"坚持两班倒，专跑一面坡，战胜一个又一个困难，夺取了一个又一个胜利，再一次被评为集体一大功，荣获了第二面奖旗。

胜利进军

炮火中,"毛泽东号"奔腾向前,迎来了解放战争的第三年——1948年的秋天。此时,东北全境已经大部解放,国民党军队剩下的几十万残兵败将龟缩在长春、沈阳、锦州三个孤立的地方。

有了火车这个"飞毛腿"运兵、运粮、运弹药,胜利的消息接连传来:10月15日锦州解放,19日长春解放,到了11月2日,东北全境解放了。

东北全境的解放,使解放战争获得了战略上的巩固,党和人民获得了逐步转入经济恢复工作的有利条件,也给东北铁路运输的恢复和发展奠定了基础。这时,郭树德、王清权和杨道芳这3名年轻的共产党员也上了"毛泽东号",建立健全政治学习、批评与自我批评等政治工作制度,把全组同志的思想提高到一个新高度。

郭树德和李永等研究出小组工作计划的初稿,共有13条。李永在小组会上公布后,大家热烈讨论,一致通过。

"毛泽东号"在解放战争中担任支前任务

1964年7月16日,《人民日报》以"'毛泽东号'机车是开路先锋"为题进行报道。

郭树德说:"既然大家都同意,咱们就坚决执行这13条。其中有两条最重要,一是加强政治学习,提高思想觉悟;二是互相批评帮助,克服缺点。只要做到这两条,其他各条就能够全部实现,咱们就能够继续做全段的榜样。大家有没有这个信心?"

"有!"同志们齐声回答,鼓起掌来。

从此,他们密切联系实际,加紧政治学习,定期召开小组检讨会,开展批评与自我批评。全组同志的团结空前巩固,技术业务水平普遍提高,革命热情像浇了油的火,越烧越旺。

有一次,同志们在议论如何让机车拉得更多、跑得更快,为解放战争做出更大贡献。提到多拉快跑,他们自然想到并提出了破除旧行车制的问题。

在此之前,东北解放区的铁路运输,仍然沿用着敌伪时期的旧行车制。这种制度限制得很死,货物列车不能比规定的多拉1吨货,多早1分钟;规定在某个站停车甩挂车或给机车上水,即使这趟车没有甩挂车任务,也不需要上水,但也必须停车,规定停10分钟,停9分钟都不行。这极大地束缚着工人们的手脚，阻碍铁路多拉快跑。

为此，"毛泽东号"的同志们曾经向铁路局的领导建议过废除旧行车制，建立一套有利于运输、体现工人当家作主的新行车制。当时领导考虑，废除旧行车制，大家的思想水平、技术能力和机车质量等条件还不成熟。现在，各种条件逐步成熟了。于是，同志们商定，由李永代表"毛泽东号"重提建议，并要求担当试验的任务。

其时，铁路局的领导也在研究新行车制，并邀请李永参加会议。最终，会议决定破除旧行车制，实行新行车制，并把这个试验任务交给了"毛泽东号"。

"毛泽东号"机车第三任司机长、支前特等英雄郭树德

"毛泽东号"机车组打破迷信，解放思想，多次试验后取得了良好效果。就说在哈尔滨至一面坡这个最困难的区段，在严冬又取消补助机车的情况下，机车的牵引吨数由 1400 吨提高到 1600 吨，这个超轴——超过牵引定数的成功，为发展铁路运输闯出了一条新路，也为此后"毛泽东号"多次带头超轴奠定了基础，打开了胜利的大门。

1948 年的冬三月，"毛泽东号"超额完成了小组计划。机车走行公里每月平均为 7500 公里，3 个月节约煤炭 160 多吨，节省机车材料费合当时东北人民币 840 万元。由于机车保养良好，架修修程的公里数比铁路局规定的 3 万公里，延长了 19000 多公里。所有这些，都是全段最好成绩。

新行车制试验成功，并在全段推广开来。上级为此奖励他们 5 万元。面对资金，"毛泽东号"机车组成员非常激动，他们说，我们是企业的主人，干工作是应该的，这奖金不能要。后来经大家一致讨论，拿出 3 万元慰劳铁道兵团，剩下2万元买擦车布，把机车保养好，让它为人民再立新功。

新行车制推行后不久，铁路局领导又和"毛泽东号"机组研究循环运转制的试验问题。

循环运转制，就是改变过去机车每到哈尔滨就进机务段整备作业的旧制度，变为机车平时不进机务段，在外边不停地循环运转，以加速机车周转。

在试验中，"毛泽东号"采取一系列措施，在24天内走行9300多公里，一台机车等于过去一台半机车用，又创造了全段的新纪录。这一新的行车制度又被推广开来。机车包车负责制的巩固和发展，新行车制和循环运转制的普遍推广，使机车质量和运用效率大为提高，有力地支援了解放战争，并为新中国的铁路建设提供了宝贵的经验。

循环运转制试验成功后不久，"毛泽东号"就接到了进关推行包车负责制的命令。进关之前，经郭树德和另一位党员介绍，李永光荣地加入了中国共产党。

1949年3月21日深夜，装饰一新的"毛泽东号"威武地停在哈尔滨车站。月台上灯火通明，歌声嘹亮。铁路局长、政治部主任、工会主任，以及机务段的领导和众多铁路职工，都前来为"毛泽东号"送行。各位领导嘱咐李永他们，要保持在东北的光荣，到关内要虚心

1949年，铁路工人在哈尔滨欢送"毛泽东号"机车。

学习，继续起模范带头作用，把包车负责制推广到北平、华北乃至全国去。

　　李永深情地说："大军打到哪里，铁路修到哪里，'毛泽东号'就开到哪里。"

　　汽笛一声长鸣，"毛泽东号"告别了它的诞生地，沿着解放军的战斗足迹，开始了新的征程！

第二节

新中国建设时期的奋斗历程

入关推行包车制

1949年3月27日,"毛泽东号"来到了北京丰台机务段,同时也带来了包车负责制,并很快在平津铁路局推广开来。

同年5月,铁路局为"毛泽东号"召开庆功大会。6月,全国铁路机务段工作会议授予"毛泽东号""全国铁路机车旗帜"的光荣称号。7月,全国铁路职工临时代表会议作出决定,号召全国铁路职工开展学习"毛泽东号"的运动,把"毛泽东号"的先进经验推广到各个部门去,建立一套负责制度,为支

"毛泽东号"包乘组交班司机蔡连兴(左)检查了机车牵动部分后,让接班司机胡春东(右)还要再检查一遍,双检查确保安全。

援大军解放全中国，恢复和发展生产，建设新型的人民铁路而奋斗。

在诸多荣誉面前，"毛泽东号"乘务员仍在想新点子，要求新任务，决心做出新贡献。

新任务下来了。1949年11月9日，"毛泽东号"奉铁道部命令，去郑州推行包车负责制。这是新中国成立后他们所要做的第一件大事，每个同志的心情都非常的激动。

"毛泽东号"的同志们聚集在一起召开出征小组会。司机长李永出国去苏联访问了，会议由代行司机长职务的郭树德主持。大家手捧毛主席写的1949年新年献词《将革命进行到底》，忆过去、看现在、想未来，讨论得十分热烈。

"要我看啊，将革命进行到底有两层意思。"郭树德笑了笑，冲大伙说道，"第一，彻底消灭反动派，解放全中国，尽快恢复生产和交通；第二，就是马不停蹄，接着革命，往社会主义社会奔。这推行包车负责制，跟这两条都有关系。包车负责制代替轮乘制，这是管理制度上和思想上的一场革命。在这条革

1949年5月1日，平津铁路局丰台机务段庆祝"毛泽东号"机车组立功大会合影

1949年，随军入关的机车乘务员在出发前合影留念。

命的道路上，一定会遇到不少困难。领导把咱们当成一粒种子，要求我们战胜一切困难，让包车负责制在郑州铁路上开花结果……"

11月13日，郑州车站一派节日气氛，局负责同志和许多铁路工人迎候着"毛泽东号"的到来。随着洪亮的铜钟声响，"毛泽东号"到达车站。

"毛泽东号"进入郑州机务段，工人们马上围了过来，大家兴奋地议论着。

"你看看人家这车停在这儿滴水不流，蒸汽丝毫不漏。"

"你看啊！这螺丝棱是棱、角是角，保养得真好。"

"同志们看啊！"一位司机伸手摸了摸机车连杆，把手举起来惊讶地喊道，"一点油都没沾上。"

大家在赞叹"毛泽东号"的同时，也有人犯起了嘀咕："咱当了那么多年的擦车夫，好不容易才开上了车，这如果要实行了包车负责制，不又要去干擦车的活儿了吗？

这一切，郭树德都看在了眼里。夜深了，在"毛泽东号"宿营车里，郭树德翻阅着笔记本，认真思考着。

郑州是京汉、陇海两条铁路干线的交会点，战略地位十分重要。以前，国民党反动派统治得时间长，人们的思想被毒害很深，加上解放没多久，人们对这新的包车负责制还多少有些怀疑。

铁路局党委指示，"毛泽东号"要做机车检修和机车牵引示范表演，借以宣传包车负责制的优越性，教育并发动群众，孤立打击敌人的破坏活动，为胜利推行包车负责制开辟道路。

郭树德深感肩上的担子重，他知道，示范的成败直接关系到"毛泽东号"

1949年11月12日，"毛泽东号"机车到达郑州车站，受到当地群众热烈欢迎。

1949年11月9日,"毛泽东号"南下推行包乘制,出发前丰台机务段职工代表与机车合影。

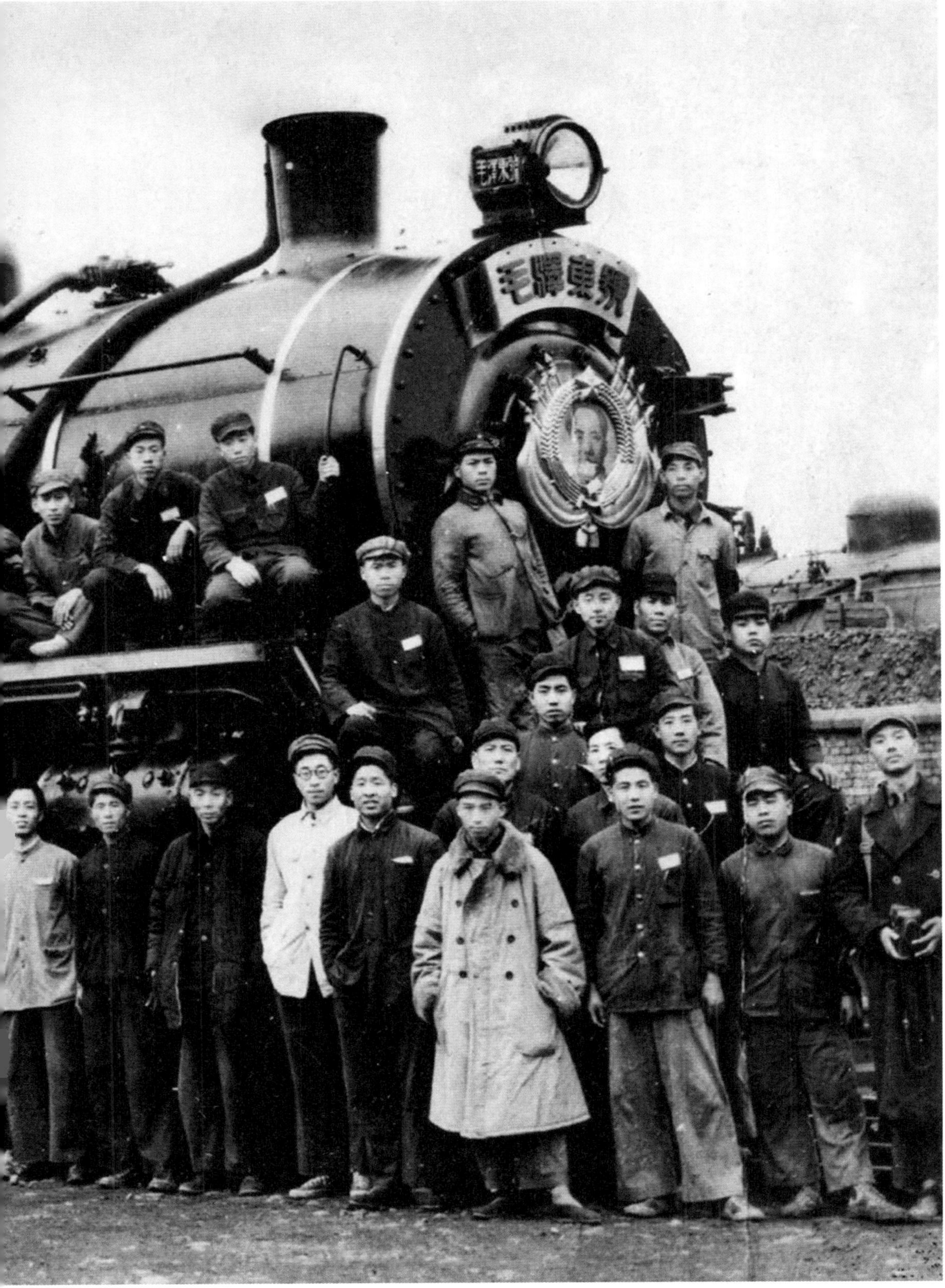
毛澤東號

能否在郑州站得住脚，关系到包车负责制能否顺利推行，铁路运输能否及时恢复。第二天，"毛泽东号"就要做机车丙检修的示范表演了。表演中可能出现什么问题？要采取什么切实可行的措施？这些大家都研究过了。然而，郭树德还是不大放心，又把这些问题捋了一遍。

第二天，"毛泽东号"8位同志熟练地装修水泵、风泵、汽门，进行洗炉作业。司炉张玉海之前头部被车门撞破，现在缠着绷带仍然不下一线。参观的人们看着这种干劲，不禁连连点头赞叹。

随后，"毛泽东号"被派往东线完成运输任务。所谓东线，就是从郑州沿黄河故道往东到商丘这一段的200多公里。冬季刮风时飞沙蔽日，司机看不清信号很容易出行车事故。机车沾满沙子，沙子又破坏机车油润，容易出烧损机件事故。这里的水质还不好，很容易引起锅炉汽、水共腾。一旦出现这种现象，轻者机车要晚点，重者会发生水锤事故，毁坏机车。

郭树德想到了这些问题，感到担子沉重，然而他又是充满信心的。"毛泽东号"刚到丰台机务段那阵儿，也是人地两生、水质不好，可这些困难都被一一克服了。他决定要深入群众、向群众讨教，详细了解东线的情况。同时，许多乘务员也主动跑来介绍东线情况，传授克服困难的办法。"毛泽东号"跑东线的计划，就在这个基础上制定出来了。

事有凑巧，"毛泽东号"第一次跑东线就遇上了大风，狂风漫卷黄沙，天昏地暗，往前20米以外什么也看不见；往后连第一节车厢的模样都看不清。但"毛泽东号"按照预定计划，胜利地闯过来了。

这天，"毛泽东号"牵引着旅客快车跑东线。夜间行车，漆黑一片，他们格外小心。列车已接近中牟车站，调度所事先就已通知他们从中牟站1道通过。扳道员给显示了绿色信号，但他们并没有放松警惕。列车一进道岔，就冲向了2道。司炉王清权大喊"停车"，郭树德急忙使用了非常闸，又马上把手把打过来、倒开车，一阵"哐哐哐"声，列车停住了，与2道上停留的机车撞上仅差75厘米。原来，是扳道员错扳了道岔。在"毛泽东号"机车组成员共同努力下，一起重大事故被避免了。

就这样，"毛泽东号"鸣响着铜钟，一趟又一趟地安全正点归来。

"毛泽东号"的胜利，犹如重锤敲响鼓，震动了整个郑州机务段，给全段工人增长了见识，树立了工人当家作主的榜样，也播下了包车负责制的种子，并逐渐在全段开花结果。

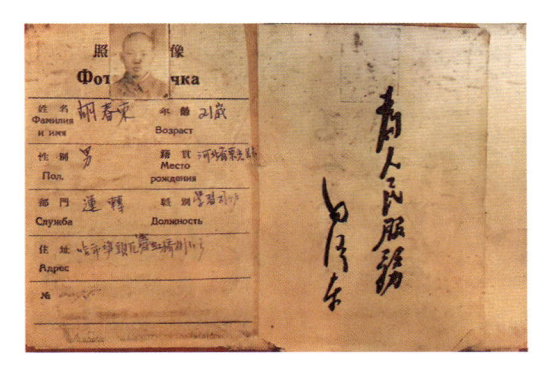

1948年，"毛泽东号"机车组司机胡春东的功劳簿。

广大群众与"毛泽东号"机车组的关系也越来越密切，经常到机车和宿营车上参观学习。"毛泽东号"初到郑州，领导曾安排他们住招待所，他们却坚持住宿营车；领导给送来了毛毯，他们又送了回去。就在自己的宿营车里，睡着木板床，盖的棉大衣，废锹把作擀面杖，饭锅用在东北熬混合油用的老家当。"毛泽东号"机车前头，端正地放着"万宝箱"。人们透过这一切，看到了"毛泽东号"乘务员一颗颗赤诚的心。

为了使包车负责制在广大群众中生根，"毛泽东号"又建议郑州机务段开办了乘务员训练班。郭树德讲包车负责制，岳尚武讲技术理论和实操，结合这些教学内容，提高群众的思想政治觉悟和技术水平。

随着广大群众思想政治觉悟的提高及包车负责制的推行，郑州机务段发生了很大变化。工人们互帮互学，你追我赶，连家属也来帮着干活儿。过去，这里的机车满身油泥，被称为"油包车"。现在，各个机车油黑发亮，机车质量事故也显著减少。1949年11月平均每星期3件，1950年2月平均每星期半件；机车行走公里由平均每日每台车的135公里，增加到281公里。

到1950年元旦，我国大陆除西藏外全部获得解放，京汉线全线通车。因而，郑州机务段的运量大幅增长。为适应这种新形势，根据实际需要，郑州铁路局把京汉线的机车牵引定数由新中国成立前的1200吨，提高到1600吨。

1950年5月31日,"毛泽东号"在郑州完成任务返程,途经济南、天津,于6月6日抵京,沿途受到热烈欢迎。

面对牵引定数的提高,有些人难免还是不放心。4月20日,"毛泽东号"从郑州牵引1951吨,早33分钟安全到达郾城站,节煤4500多公斤。4月28日,还是跑郾城,牵引2015吨,又安全正点到达,创造了郑州铁路局管内京汉、陇海线有史以来的机车牵引最高纪录。这充分显示出新中国铁路工人的无限积极性和创造力,以及包车负责制的优越性。

1950年5月31日下午,在热烈的欢送声中,"毛泽东号"告别了相处半年的郑州机务段。不久后,美帝国主义悍然发动了侵略朝鲜的战争,"毛泽东号"又以战斗的姿态,投入到了抗美援朝保家卫国的伟大战争中。

超轴运动

1950年,北京。

时令已近深秋,丰台站调车场上却是一派热气腾腾的战斗景象。在"抗美援朝,保家卫国"巨幅标语下,编组中的车辆穿梭来往,超轴列车进进出出,一趟接着一趟。

此时,"毛泽东号"第二任司机长李永刚刚从朝鲜友好访问归来。回来的火车上,他看到朝鲜国土已满目疮痍,激起了他对帝国主义的仇恨。

回到丰台,李永没有先回家,急忙去找"毛泽东号"的同志们。此刻,同志们正在开小组会,大家情绪激昂,发言踊跃,讨论着如何搞好运输工作,以

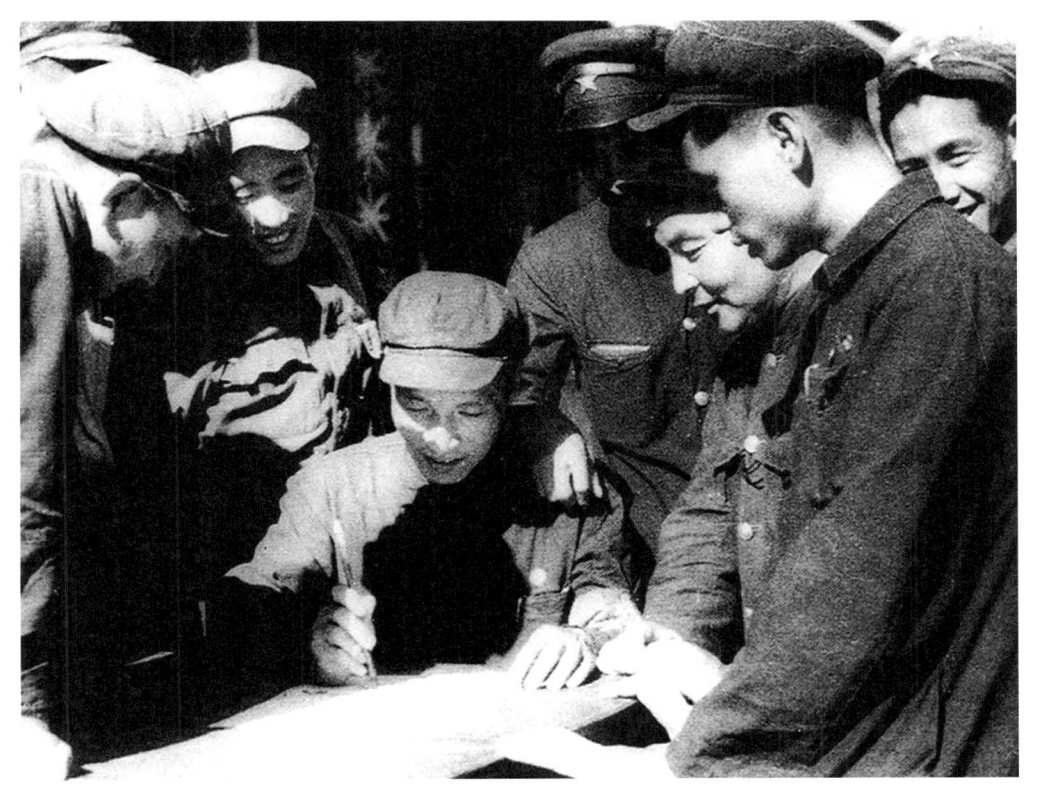

1950年8月,"毛泽东号"第二任司机长李永代表机车组在《和平宣言》上签字。

实际行动支援朝鲜人民。见到李永回来,大家的讨论更加热烈。

"司机长,快向领导请示,让咱们把机车开到朝鲜去!"

"万一领导不批准怎么办?"

"那我们就多拉快跑,运好援朝物资!"

……

正在李永酝酿如何带动广大乘务员多拉快跑的时候,他作为"毛泽东号"的代表,被邀请于1950年9月25日参加全国工农兵劳动模范代表会议。

这是一个让所有"毛泽东号"乘务员永远不能忘怀的时刻。在代表们的热烈欢呼声中,伟大领袖毛主席微笑着健步走来。李永的心欢快地跳动起来。

抗美援朝时期的"毛泽东号"机车组

当毛主席来到他的面前，李永紧紧握住了毛主席那双巨手，一股暖流在全身散播。他当时有多少话想跟毛主席讲啊，却激动得一句话也没说出来。

雷鸣般的掌声过后，响起了毛主席的祝词声："中国共产党中央委员会号召全党党员和全国人民向你们学习，同时号召你们，亲爱的全体代表同志和全国所有的战斗英雄、劳动模范同志们，继续在战斗中学习，向广大人民群众学习。只有决不骄傲自满并且继续不知疲倦地学习，才能够对于伟大的中华人民共和国继续做出优异的贡献，并从而继续保持你们的光荣称号……"

李永静听着、思考着，热血在沸腾，浑身长力量。一个振奋人心的想法油然而生。

回到"毛泽东号"机车组，李永兴奋地对大家说："咱们向领导建议，在全局开展超轴运动。"

"毛泽东号"提出的超轴运动建议得到了北京铁路局党委的大力支持。10月21日，在全局电话会议上，响起了李永洪亮的声音："同志们，咱们是具有'二七'革命传统的铁路工人，必须把抗美援朝物资又快又好地运上去。我建议，咱们携起手来，立即开展超轴运动……"

然而，铁路是一部庞大的机器，要超轴，光靠"毛泽东号"远远不够。电话会议后，从路局到各个基层单位，都在积极地做组织和发动工作。李永也带着"毛泽东号"全体同志，走到哪里，就把宣传发动的工作做到哪里。

11月17日，"毛泽东号"司机长李永、副司机王清权和司炉张玉海，迎着朝霞来到天津站，参加超轴试验前的座谈会。会议室里围坐着铁路局、铁路

"毛泽东号"机车第三任司机长郭树德，以多拉快跑的实际行动支援抗美援朝前线。

"毛泽东号"第四任司机长岳尚武

分局的负责同志，有关部门的干部，还有劳动模范。大家高度评价超轴运动的重大意义，赞扬李永和他的战友们国际主义和爱国主义的思想，人民当家作主的精神，亲切鼓励他们不断创造新成绩。

会议结束后，铁路局副局长紧紧握住李永的手，再三嘱咐说："老英雄，今天你们可是超轴运动第一炮啊，全局职工都在看着你们，等着你们的好消息，祝你们成功！"

"有党组织指引方向，有那么多群众的支持，我们一定不负使命。"

李永带着领导的嘱托、群众的信任登上了"毛泽东号",抓紧开车前的准备工作。

李永验完车,爬上机车煤斗,见煤已经洒好了水。这时,王清权正往炉膛里添煤打火底。李永看了看锅炉气压表和水位表,都合乎要求,接着问:"火底怎么样?"

王清权打开炉门:"你看。"

李永一看,炉床一片橘红,火层厚而均匀,没有一点死灰。

"好,工作做得细啊!"李永满意地说,"今天可不比往常,这趟车拉2377号,超轴377吨,你们得多辛苦了。"

这时,车站值班站长通知"毛泽东号"挂车。机车距离列车20余米的时候,李永就把撒砂阀扳倒,缕缕黄砂撒到了轨面上,被车轮碾碎。这让跟车试验的一些技术人员感到不解。

"呜——"随着汽笛一声长鸣,李永从容地拉开汽门,开车平稳起动,速度很快上升。超轴300多吨,跟车的技术人员之前都担心车轮打滑而发生空转。这下他们才明白,原来李永改进了操作方法,在轨面上撒了砂,这样就防止了空转。

列车向着北京方向飞奔。司机室里,李永手扶汽门,双眼注视前方。前方,那些妨碍信号瞭望的树枝已经被电务段的职工修剪整齐。为了超轴,铁路这部联动的机器马力全开。多年来限制运行速度的沿途40、34、30三座桥梁,已经被工务段的职工加固好,拔掉了慢行的牌子……李永心情激动,操纵列车安全正点驶过一站又一站,眼前就是丰台站了。

"'毛泽东号'进站了!"丰台站红旗飘飘,锣鼓喧天,在站台上欢迎的人群热烈欢呼起来。"毛泽东号"停住车,李永他们刚跳下司机室,就被欢迎的人群包围了。人们抢着抬起李永,向空中抛着、抛着。之后,铁路职工又把大红花戴在他的胸前。同铁路工人一起学习的清华大学的学生,把一面绣着"生产战线打胜仗,保家卫国真英雄"的红旗,送到李永手中。李永激动万分,振

1956年5月6日,《人民日报》刊登郭沫若的长诗《访"毛泽东号"机车》。

臂高呼:"共产党万岁!毛主席万岁!"

从11月17日到22日,"毛泽东号"五次超轴,五战五捷。这捷报在全局职工、特别是机车乘务员中引起了强烈反响。丰台机务段的乘务员跑到运转主任那里,主动要求超轴。此后,1588号机车创造了超轴750吨的新纪录。西直门机务段全部机车参加了超轴运动,10天就超轴8000吨。保定机务段把北京至石家庄间上下行的机车牵引定数都改为2000吨,比原来分别增加了130吨和260吨。

"毛泽东号"超轴胜利的喜讯传到了上级领导机关。中华全国总工会和全国铁路总工会发出号召,鼓励全国铁路职工学习"毛泽东号",开展超轴运动。超轴运动在全国铁路系统轰轰烈烈地开展起来了。

勇闯新路

1951年底,"毛泽东号"第三任司机长郭树德下车,岳尚武继任第四任司机长。之后,就是第五任司机长蔡连兴。

1951年10月的一个晚上,机务段段长、党总支书记把岳尚武找了去。

岳尚武一进屋,段长就热情地招呼:"老岳,你先坐下,有个任务要你去做……"

岳尚武一听，心想八成是今晚要拉"专运"，但往下一听，就紧张起来了。"……郭树德提拔当副段长去了，以后就让你担任这车的司机长，有困难吗？"

这叫岳尚武怎样回答呢，任务是这样重：这台机车在老英雄李永领导下，从1947年到现在就没出过责任事故；在全国机车中首先推行了包车制，第一个打破超轴纪录；再说，它又是以毛主席的名字命名的，出事故就是党的损失。而岳尚武只开了一年多的车，又没有领导经验，能把这千斤重担挑起来吗？

共产党员是不许在困难面前退却的。何况今天的条件比李永老英雄担当司机长那阵强多了。他能完成任务，难道自己就不能完成吗？"行！"岳尚武回答，"没有困难！"

领导高兴地对岳尚武说："像这样无条件地接受党的任务是很好的。不过更重要的是看效果！"随后，他又跟岳尚武谈了一会儿怎样来领导这个组。

李永老英雄在超轴方面创造新纪录以后，全国各地都展开了满载超轴运

1956年4月，郭沫若登上"毛泽东号"机车，并赋诗赞扬他们的先进事迹。

1957年8月25日,"毛泽东号"机车包乘组创造货运机车安全行驶100万公里的全国最高纪录。铁路工人冒雨在丰台车站迎接这台光荣的机车出车归来。

1957年，在技术革新活动中，"毛泽东号"乘务员精心整修机车设备。

动，捷报一个接一个传来，突破纪录的也越来越多了。

可是，丰台机务段上，特别是"毛泽东号"机车的牵引能力还停留在2000吨左右。

"人家都要超过我们啦！这还成什么旗帜！"岳尚武真有点着急。

为什么拉不多呢？该是机车的毛病吧？李永老英雄在创纪录时，拉2400吨就很费劲，一定是这个原因。要多拉，还得从提高机车质量上着手。

趁着歇班的机会，岳尚武就和大伙扯开这件事了。

岳尚武说："咱们拉不多我看是机车的毛病，可是毛病又不摸门，没法送去修。如果开在半路上出毛病那就麻烦了。咱们要能学会找毛病，修车就好办了。"

有人认为："咱们又不当工匠，学它有啥用？"

岳尚武就拿自行车的事打比方，来打通他们的思想："咱们自己有了自行车，没事就擦擦，上点油，抽空还到车铺看人家怎样修的，学点本事。有什么

"毛泽东号"机车组的节能"百宝箱"

毛病，自己也能知道点，小的自己修，大的送到车铺去。咱们的机车质量好歹都直接影响运输任务，所以爱护机车要像爱护自己的自行车一样。"

大伙都觉得很对，他们说，不学习找毛病，不学习技术，就没法叫车好使。

打从这回起，大伙学习技术的劲头可大了。机车一回来，就问发现了什么毛病没有。有了什么毛病，岳尚武就跟大伙研究。车进段修理时，除去详细地介绍情况以外，大伙还抢着帮助修理，有不懂的就问。修好后大家就在一起谈谈这样修对不对，是不是还有没修到的地方。这样钻研了一些日子，大伙的技术水平都提高了，对于机车也格外爱护了。这样一来，机车的牵引能力一个劲儿往上涨，2500、3000、3200，最后突破了老英雄李永的纪录。

岳尚武并不满意既有的成绩，还想再多拉。怎样才能拉得更多呢？只有学习原中长铁路先进经验和郑锡坤操作法等，使技术提高一步。

当时，段上有的乘务员觉得这些先进经验没有什么好学的，学了也用不上。机车上也有人抱着这种看法。岳尚武就和大伙说："人家的经验就是好，不好也就不总结了。咱们是个旗帜车，得以身作则，带头学习。"大伙想通了，都赞成先试验起来。

岳尚武在试验"起车强迫加速"的方法时，刚一加速，好家伙，炉底都吸成一个个窟窿，像筛子似的。司炉马上埋怨开了，说："这得烧多少煤啊！"

怎么办呢，岳尚武就跟大伙研究。司炉王清权想了个主意，他说："用煤块打底，煤末就吸不跑了。"照他的办法一试，还真行。这一来"起车强迫加速"就试验成功了，它的经验被推广到全段，带动了全段学习郑锡坤操作法。

掌握了郑锡坤操作法以后，超起轴来谱就更大了。一趟一拉就是百十来辆，总共有2里地长。过去拉这么多车皮就不知该怎样下闸，这回好了，学习了郑锡坤制动机操纵的经验，就和拉2000多吨差不多。"毛泽东号"的超轴吨数提高到5400吨，打破了关里的纪录。

1952年3月，"毛泽东号"机车上的副司机、司炉，都被提拔为司机或干部给调走了，换来了一批新人。新来的小伙干活挺带劲，唯恐烧不上汽，就大

1964年，"毛泽东号"机车组第二任司机长李永为机车组成员讲解机车知识并开展业务交流。

"毛泽东号"机车组惜煤如金

锹大锹地添煤。岳尚武看着一直摇头。

这天，跟岳尚武一班干活的司炉翟建才又在大锹大锹地添煤。岳尚武就想跟他算算账。小翟添一锹煤，岳尚武就用粉笔画一道。等休息时，岳尚武对他说："伙计，你说每一锹要少添2两煤能影响烧汽吗？"

这小伙子被弄糊涂了，说："当然没啥关系啰！"

"那怎么省下来呢？"

"省这么点管什么事！"

"好，我就算给他听。"岳尚武说，"这回往返我计算了一下，你整整添了5000锹。每锹省2公两的话，就省1吨。要是全国的机车都这样，你说能省多少吨？这还只是一个往返，要是一天跑两三个往返，这又能省多少？"

这一下可把小伙子愣住了。岳尚武接着说："咱们绝不能瞧不起这2两煤。当家作主，什么事都得精打细算，就不能有一点浪费！"

小伙子感动极了，说："岳头您说得太对了。过去我就没想过这些事。往后一定要处处计算！"

第二天，翟建才在添煤时就改为大半锹了。第三天，他索性把大铁锹剁掉一半。他说："省得一不小心就添多了。"后来他又和副司机、司炉共同研究出一个"快速投煤法"，用煤更省了，还保证了汽水供应，不影响行车。

随后，岳尚武把翟建才的思想转变情况向全段做了报告，教育大家，全段展开了省煤运动。

一天早上，岳尚武去接班，一瞧只给机车挂了

1800多吨（标准是2250吨）。这么大车头，只拉这么点，岂不是浪费吗？

岳尚武就和调度所联系。正好黄村站站上有12辆车因为等列车挂不走，从早晨到晚上停了12个小时，光是车辆周转费就损失不少。再说，这12辆车的建设物资晚到一天，就会使祖国建设事业受到一天影响。

岳尚武就找机车上的司炉商量："咱到那儿，把它挂上怎么样？"他们也挺愿意。结果，"毛泽东号"就把这12辆车皮拉走了。

又一次，"毛泽东号"机车刚进站，就看见几股车道上摆满了已经编好的、满载着物资的列车。岳尚武将车子停下，去运转室联系回去的事。调度说："你们已干了12小时，按规定该休息了。"

岳尚武问："站上没车了吗？"

"怎么没有？五列车都编好了，就是没有车头！"

岳尚武就说："我们拉回一列怎样？"

"那敢情求之不得了！"

岳尚武赶紧往回走，一边走一边想：我们拉走一列，腾出1股道来，等会再来车，又可拉走一列，这一来，车上的这些物资就能及时送走了。可是，我愿意不休息，我那两伙计不知怎么样，得动员一下。

岳尚武回到车上一看，呵！水也上满了，炉也清理好了，油也上好了，这样全车已准备妥当就等着走了。岳尚武直纳闷："他们怎么知道马上要回去呢？"

"站上有5列车，没有车头走不了……"大家接着说："咱们拉走，全都准备好了！"当时岳尚武心里真叫痛快！不由地说："你们真是我的好伙计，现在咱们就拉起来吧！"

当将列车拉到站时，分局的表扬电报也到段上了。过去有些司机不愿在中途停车，多超过一点任务就要休息。这回看到"毛泽东号"机车这么做，也都认识到必须做到一切为了运输，不能光顾自己机车省煤和走正点。从此，全段机车都照着他们这样做，给解决满线问题创造了有利条件。

"毛泽东号"机车包乘组力争提前、全面实现本组提出的新倡议,加强出车前的各项准备工作。

随着运输任务的加重,丰台机务段上增加了很多新司机。他们热情很高,只是技术水平偏低、经验差,常常发生行车事故,列车也常晚点。

由于新司机不会使制动,摸不清到哪下闸好,车子在廊坊出了一件"冒进信号"的事故。不久,马家堡又出了同样事故,原因是司机对线路不熟。

"怎样才能叫他们很快就熟悉线路情况呢?"岳尚武就琢磨开了,"最好是把我们的经验教给他们。"

可是一个个教是教不过来的,得想法子把线路画成图,找出一套操作规程才行。

"毛泽东号"第五任司机长蔡连兴（左二），同车组同志们群策群力研究技术改造方案。

岳尚武就开始慢慢朝这方向摸索。在行车中找目标，像沿线的水塔、小庙、村庄等，他都记住，掏出表来看时间，到前方站还差多少分钟，然后决定车速快慢；又摸清哪有弯道、坡道，进站上下坡道怎样，该在哪制动等等。这样按部就班来操纵机车，就能保证走正点，还能防止事故。

岳尚武把这经验和司机们交换意见，又经过多次试验，在段领导支持下，摸索到了一套行车的操作规程。段上给画了张图，装在玻璃镜框里，放在每台机车上。司机，特别是新司机，照着图开车心里就有了谱，统一了操作法。

1964年7月，铁道部和铁道部政治部，授予"毛泽东号"一面"坚持不断革命，永当开路先锋"的奖旗。铁道部党委作出决定，号召全路职工进一步学习"毛泽东号"经验。报纸、电台大张旗鼓地报道着他们的先进事迹，成千上万封祝贺的书信从全国各地飞来。所有这些，给"毛泽东号"乘务员极大地鼓舞，也让他们感到了压力。随着对"毛泽东号"赞扬声音越来越大，前来取经人数不断增加，这种压力就越来越大。

表现在工作上，有些同志背上了包袱，担心出风险，不敢迈大步，加煤机上马后进展缓慢，货物列车一次停妥的硬功夫不敢练习等。

"创业艰难，守业不易。'毛泽东号'不能在咱们手上出漏子。"

"这些荣誉都是所有在车上工作过的同志们千辛万苦才得来的，守业再难，也不能从咱们手里丢掉。"

这时"毛泽东号"又开起了小组会。蔡连兴说，"毛泽东号"是全路职工和全国人民的"毛泽东号"；对"毛泽东号"的荣誉，我们应该加倍珍惜和爱护。但是消极地保荣誉，就会止步不前，这不是真正的爱护荣誉；党和人民要求我们"坚持不断革命，永当开路先锋"，"毛泽东号"机车的历史也证明，荣誉是创出来的，而不是保出来的……

1961年9月26日，司机长蔡连兴（中）给新工人讲这台机车的历史。

1961年,为了把包乘制的内容具体化,"毛泽东号"值班司机正和他的伙伴们商量怎样跑好这一趟车。

    司机长的话,引发了同志们的深深思考,引起对"毛泽东号"历史的回顾和对国家发展的展望。身上背着荣誉的包袱,生怕捅娄子担责任,畏首畏尾,怎么能跟上时代前进的步伐?

    这次"小整风",让"毛泽东号"乘务员们开阔了胸怀,增添了干劲。他们下决心,一心为生产,勇拉上坡车,迎着困难上,不断闯新路!

    这条新路先从加煤机的使用闯起。

    "毛泽东号"跟其他同类型机车一样,早在1957年就安装了加煤机。用加煤机焚火,可以减轻乘务员的劳动强度,提高机车效能,适应多拉快跑的需要。可是，几年来许多乘务员有一种偏见，用加煤机肯定费煤。因此，大家宁肯流汗费劲，也要用铁锹焚火。

1964年初，铁道部和铁路局领导向"毛泽东号"提出一项要求：试用加煤机。有的同志就犯了难："毛泽东号"已经连续90多个月节煤，要是用上加煤机，万一打消了连续节煤的成绩怎么办？

蔡连兴对大家说，认为使用加煤机就一定要费煤，这不符合科学和辩证法。只要认真实践，掌握加煤机的要领，一定也可以做到节煤。

有的同志还是想不通，因为以往其他机组的实践，使用加煤机是费煤的。

"这要看是怎么实践了。带着用加煤机一定费煤的观点去被动地实践，跟自觉地运用辩证法、充分发挥主观能动性去实践，效果肯定不一样。"蔡连兴说，"干革命、干事业，就得有人在前头闯，付出代价。我们试用加煤机，就是要闯出一条道儿来。"

4月中旬，"毛泽东号"试用加煤机了。果然，一连几天，不仅没有省，还把上旬节约的5吨多煤费去了4吨多。

有的同志思想波动了：这下实践证明了，加煤机就是又费煤、又急人。

蔡连兴说："毛主席告诉我们，一个正确的认识，往往需要经过多次实践才能够完成。想一口吃个胖子哪儿行！"

于是，"毛泽东号"乘务员们铆足了劲儿，继续摸索使用加煤机的奥秘。

这一天，齐齐哈尔铁路局一位同志跟随"毛泽东号"学习。他是著名的焚火能手。蔡连兴主动向他讨教："使用加煤机，我们还没有过关，希望同志们多多帮助。"

这位同志说，他们都在学习白城子机务段5719号机车组使用加煤机的经验，这台机车的司机长正好也到这学习来了。

蔡连兴一听十分高兴，就带上司机胡春东一起来到齐齐哈尔铁路局学习团住地，登门求教。5719号机车司机长被他们这种虚心求教的精神打动，详细介绍起他们使用加煤机过程中的操作方法。蔡连兴和胡春东把每个细节都记

1966年10月30日,"毛泽东号"机车命名20周年庆祝大会在北京举办。

在本子上,印在脑海中。

就这样,"毛泽东号"乘务员吸取兄弟机车组的经验,坚持趟趟车试用,趟趟车总结,循序渐进增加加煤机的试用量,逐渐掌握加煤机的规律。他们实行机械和工人联合焚火,以手投来弥补加煤机焚火的不足,从而继续做到月月节煤。

突破了加煤机使用关的实践,"毛泽东号"乘务员们信心更足、干劲更高,继续朝前闯。

为挖掘蒸汽机车潜力,他们带头倡议并试行长距离运输。

以前，丰台机务段的蒸汽机车在京山线上拉货物列车，只在丰台至天津间 110 多公里的区间循环运行，两头折返，占用时间较长。"毛泽东号"提出，把这个运行区间延长到山海关，一气跑完 400 公里。

连续跑这么长的距离，这在蒸汽货运机车史上还是头一次。"毛泽东号"试跑的结果证明，实行这种运行方法，机车每日走行公里由原来的 500 多公里提高到 800 多公里，机车日产量由原来的 100 万吨公里提高到 200 万吨公里。这次试验的成功，为提高蒸汽机车运用效率和铁路运输能力开辟了新的道路，也增强了他们的信心。

"毛泽东号"乘务员们说，客观形势在不断发展变化，新生事物也在不断涌现，我们的认识也必须不断深化。尤其是取得大的成绩、获得大的荣誉后，更要注意防止骄傲自满，停止不前。应该越有荣誉越敢闯。

从此，"毛泽东号"由原来的"八个越"发展为"十个越"——越困难越鼓劲，越顺利越谨慎，越忙乱越沉着，越有成绩越虚心，越有荣誉越敢闯。

向群众学习

1971 年 4 月，陈福汉作为"毛泽东号"机车组的代表，参加了全国交通工作会议。会议期间，敬爱的周总理接见会议代表时，号召铁路职工向"毛泽东号"学习，同时又指示："毛泽东号"不能只在北京，要去全国，向全国铁路工人学习。

周总理的指示也是对"毛泽东号"的鼓励肯定，为他们进一步指明了前进的方向。"毛泽东号"的同志们对周总理的指示感到格外受鼓舞，浑身充满了干劲。他们无论是在哈尔滨、北京、郑州，还是在武汉、徐州、包头，都虚心向当地铁路职工和群众请教学习，像蜜蜂采蜜那样，到处吸吮着群众的智慧和经验，丰富自己。

这年盛夏，三伏天的正午，柏油马路被如火的太阳晒得直冒油，只有知

"毛泽东号"乘务员在班后总结出车的经验

了的叫声伴随着炽热的空气。

在邯郸机务段机车整备线上，刚刚跑车归来的"毛泽东号"司机长郭映福一手握检查锤，一手拿洗净的棉丝，细心地检查、擦拭机车。豆大的汗珠在他黝黑的脸上滚动。

这时，一个20多岁的小伙身背挎包走了过来，老郭一看，是接班的司炉小周。

"司机长，天这么热，别擦了，抓紧下班吧。"小周说着，几下就跳上了司机室。接着，传来了"嚓嚓嚓"的风动摇炉声。老郭也随即上了司机室。小周清完炉，正大锹大锹地往炉膛里添煤。借着炉门开启的瞬间，老郭只见火室内微火点点，火已经很蔫了。小周把铁锹往煤堆上一插，嘟哝开了：

"司机长，这样的天，又偏偏烧这样的煤，够呛！"说着，他抹了把汗甩向煤堆。

其实，小周说的话是老郭这些天一直思考的问题。是啊，邯郸这样的酷暑天，在北京还真没遇到过。而且机车用的煤煤质也不好，新上车的小周他们没有烧这种煤的经验，这几天他们一直反映煤质不好，并产生了这些想法。这并不奇怪，问题是要正确解决和引导。

老郭想，领导派"毛泽东号"到邯郸，是要贯彻周总理的指示精神，取经取宝的。"毛泽东号"也不是在各个方面都先进、样样都过硬，天生就比别人强。

"毛泽东号"机车包乘组全体组员合影

"毛泽东号"第五任司机长蔡连兴（右）循循善诱地教年轻人员骆志祥（左）技术

老司机长蔡连兴在谈到"毛泽东号"经验时说得好："要说有经验，那都是广大群众创造的。我们'毛泽东号'只不过是把群众的经验学过来，照着做就是了。"

对啊，要使机车组的同志们，特别是年轻人们自觉地磨炼自己，健康地成长。"毛泽东号"艰苦奋斗的优良传统要不断讲，兄弟单位的先进思想和经验更要坚持学。首先要从思想教育入手。另外，我们现在烧的是峰峰煤，峰峰煤矿是红旗矿，就在附近，要去一趟，烧煤要先知采煤人啊。

想到这儿，老郭直奔"毛泽东号"宿营车，去找机车党小组长胡国江研究这个问题。

这天清晨，"毛泽东号"的同志们跟着老郭去峰峰煤矿参观学习。

来到红旗矿，换上工作服，戴上矿灯帽，他们来到井下。先是穿过宽敞明亮的主巷道，再转入约一人高的小巷道。小巷道崎岖不平，顶部挂着电线，脚底下是一洼洼的矿井水。越往前走越艰难，有的地方要猫着腰才能勉强通过，有的地方甚至必须匍匐爬行。老郭他们就这样，爬过一坡又一坡，走过一条巷道接一条巷道。渐渐地，小周他们这些年轻人嘴里喘着粗气，头上沁满汗珠，脚步迈动得越来越艰难。

"这采煤太不容易了，煤矿工人们太辛苦了……"

终于到了小巷道的尽头，这是一片宽阔的掌子面。灯光下，采煤工人正在紧张地劳动着。

"同志们辛苦啦！"老郭对大伙说。

"大伙看到了吧，采煤的环境很艰苦，但就是这样，劳动条件比以前还大大改善了呢。"工人们告诉"毛泽东号"机车组的同志，"现在采煤、运煤都是机械化了。我们现在当家作了主人，更要多出煤、出好煤……"

从这天起，这看似普通的峰峰煤，在"毛泽东号"青年一代的心目中分量格外重，他们对"毛泽东号"老一代"一块煤，一块金"的思想有了更进一步的理解。

从煤矿参观学习回来，"毛泽东号"的青年同志们对于烧峰峰煤的想法起了变化。他们不再抱怨煤质不好，而是想办法去了解这种煤的特性，掌握烧这种煤的焚火技巧，做到既完成运输任务，又节约煤炭。

怎么才能做到这一点呢？他们想起了老司机长蔡连兴三请张文增的故事。

那是1961年初，丰台机务段出了个焚火能手，名叫张文增。他焚火，机车长汽又快又省煤，段上就派他轮流到各个费煤的机车上传授经验。

"毛泽东号"机车当时是台省煤车，但还不是省煤最多的。他们听到这个消息后，决定由司机长蔡连兴去请张文增来车指教。头一次去请，张文增婉言推辞说，"我的任务是帮助费煤车，这些车还帮不过来呢，怎么能先上你们那儿去呢。"

老蔡一听，也对，就说，"那过几天再请你过去吧。"

过了没多久，"毛泽东号"在南仓准备回丰台，正巧张文增也在等车。老蔡心想，这可是个好机会。就下车去请张文增一块回丰台。没想到，人家还是不肯来，说："你们车一贯省煤，全国都有名，焚火的技术一定比我强，我向你们学习还差不多。"

老蔡刚想跟他解释，一看表快到开车时间了，就只得作罢。

老蔡第三次去请，一见面就向张文增解释说，"别看我们是省煤的，可还存在着缺点，新上车的司炉焚火技术就还没过关，都想向你学习。"

张文增看"毛泽东号"确实是诚心诚意来向自己请教，这才答应下来。

一开始，他还放不开，一面演示一面说自己不行。后来见"毛泽东号"的同志们都站在旁边聚精会神地看着，实实在在地学，他的顾虑打消了。一路上，大伙从张文增的焚火方法上得到不少启发，要求他再跟一班。张文增满口答应，就这样一连跟了5班。"毛泽东号"的同志们借着甘当小学生的态度，终于把张文增的好经验学到了手。

这个故事，让司炉小平受到了启发。他和同志们一道，一有机会就下宿

1964年7月，司机胡春东（左）和魏敬芝（右）在驾驶室内研究机车保养问题。

舍，去兄弟班组，向邯郸机务段的同志学习。

这天，小平爬上机车煤斗正要浇煤，跟车学习的邯郸机务段的同志忙说："我替你浇吧，这煤不好浇。"

"不，您能代替我浇煤，可代替不了我学习啊。"小平笑着说，"师傅，还是您指点，我来干吧。"

浇煤是机车焚火中的关键一步，浇好了，煤就好烧，否则，又费煤、又费劲。而且，不同的煤种有不同的浇法。在邯郸机务段的同志指点下，小平初步掌握了浇这种煤的方法。

他想着趁热打铁、更进一步。这当儿，停在附近的一台机车上的司炉正在拉洒水管准备浇煤。小平马上跑过去。

那司炉打量着小平，看他认真的样子，就觉得特别虚心、诚恳。于是，他把洒水管递给小平热心地教起来。

"这峰峰煤啊，面儿多，不爱渗水，浇的时候要扒大坑……"

小平细心听着，不住地点头，并照着做。

浇完煤，小平下了车。那位司炉问起本班司机："这是哪来的新学员，这么认真？"

"什么新学员啊，他是'毛泽东号'上的……"

"毛泽东号"机车组虚心好学的精神，在邯郸机务段引起强烈反响。大家都在广泛地议论着：

"'毛泽东号'是全路的一面旗帜，可人家还是那样虚心好学，真够意思。"

"毛泽东号"的同志们想的却是，群众才是真正的英雄，我们所取得的每一项成绩，都是党领导的结果，都凝聚着广大群众的智慧，没有党、没有群众，我们就一事无成。

就这样，"毛泽东号"先后到北京铁路局管内的 11 个机务段，不断向广大群众学习。

1971年,"毛泽东号"机车组乘务员高俊亭在坦桑尼亚交流经验。

友谊之路

在非洲大陆,有一种世界罕见的树——酒树。在这种树中,珍藏着甘甜的酒浆。人们只要把一根竹管插进树身,就能吸吮到醇香的美酒。

坦桑尼亚的朋友们,正是把埋头苦干的司机高俊亭比作他们喜爱的酒树加以赞美的。高俊亭是从"毛泽东号"机车组到非洲援建坦赞铁路去的,他和到过那里的"毛泽东号"老一辈郭树德、蔡连兴、朱殿吉、董怡庭等同志一样,为建设"友谊之路",发展中、坦、赞三国人民的友谊,贡献了自己的力量,为"毛泽东号"的光荣历史谱写了新的篇章。

1971年7月,中、坦、赞三国共同修筑的坦赞铁路正在进行启始段,即坦桑尼亚首都达累斯萨拉姆至姆林巴这段502公里的大会战,这也是有名的"502"大会战。根据总工期的要求和达姆段工程情况,以及所能投入的施工力量,中、坦、赞三国人民决定用一年多的时间,即到1971年底,快速度地把这段铁路修通。

在非洲大陆自然条件比较困难的情况下，用一年多时间修通502公里铁路，这在铁路修建史上也是一个奇迹。当时，施工正处在紧张阶段，急需机车乘务员驾驶机车用已经铺就的线路，运送修路物资。就是在这样的情况下，高俊亭受祖国和人民的重托，乘坐飞机紧急赶到非洲。

飞机在达累斯萨拉姆着陆。高俊亭稍事休息后，就乘坐汽车前往机务大队所在地、距离达市300多公里的曼古拉。

铁路临管组负责人、"毛泽东号"第三任司机长郭树德，这时正在曼古拉。在遥远的非洲，亲人相见格外亲热。老郭帮高俊亭安置好住处，两人就亲热地谈了起来。他向高俊亭介绍了这里的自然情况。白天烈日炎炎，地面温度高达五六十摄氏度；夜晚，蚊子、小咬成群结队，还有非洲野兽的吼叫声，在山野里回荡不息。

"老领导，困难咱不怕，有什么任务就交给我吧。"高俊亭望着老郭。

"小高啊，我正要跟你谈呢。现在大会战急需机车运输，你恐怕不能休息了，马上包个车干起来，司机长就由你来当。"

"当司机长？我当司机的日子都不长，这副担子我能挑起来吗？"

郭树德虽然离开"毛泽东号"多年，但他仍然关心这台车的情况。高俊亭30来岁，1961年上的"毛泽东号"。在这台机车上，由司炉升到司机，还光荣入党。十年间，他一直兢兢业业，埋头苦干，不多言、不多语，完成任务从不含糊。他还特别细心，肯于干那些平凡琐碎的工作。郭树德总是说："你能干，不但能干，还得保证干好。我们的责任不轻啊。你是直接从'毛泽东号'来的，要把'毛泽东号'的光荣传统带到非洲来，发扬光大！"

就这样，刚到非洲，高俊亭就和来自其他几个机务段的同志们组成一个包车组，使用东方红2型5号内燃机车。

中、坦、赞三国工人和工程技术人员，在"502"大会战中表现出了英勇顽强的作风，吃苦耐劳的精神，坚韧不拔的毅力。铁路线在迅速向前延伸。机车运送物资的任务越来越繁忙、紧张。高俊亭他们驾驶着机车，整日整夜地在工地之间奔跑。

一次，高俊亭班拉着一列碴石车从曼古拉开往达南。这天，烈日暴晒下，机车车顶被烫得像烧红的铁，司机室内简直比蒸笼还闷热。通常，乘务员行车途中吃饭的时间、地点由调度员安排。现在，已经中午了，仍不见调度员给吃饭的通知。前方又一个站到了，信号显示的又是通过。副司机小宗说："怎么还是通过信号啊，那咱们什么时候吃饭？"高俊亭笑了笑说："一定是任务急、不能等，让通过咱们就通过，走吧。"

酷热、饥饿、疲劳一齐袭来。高俊亭不由想起老前辈。

在解放战争年代，军运任务紧张，"毛泽东号"同志们经常顾不上吃饭，可是不叫苦、不喊累，迎着敌人的炮火坚持战斗。"毛泽东号"老一辈播下的艰苦奋斗的火种，正在高俊亭他们身上迸发着火花。

列车通过一站又一站。前面是百里野生动物园了。这里是野生动物的世界。狮子、大象、豹、野牛、斑马、长颈鹿……这些野生动物对隆隆而来的火车感到既新鲜又陌生，或结伴、或独行，纷纷前来"参观"。它们有的跟列车赛跑，有的在附近窥探，有的甚至大模大样地往铁道中心一站，任你怎么鸣笛，就是悠闲自得地待在那里不动。这时候，司机只能把火车停下，耐心等待着它们离开。

高俊亭就遇到过这情况——两头大象就站在铁道上不走了。

高俊亭笑了笑说："大概这两个家伙是想让咱们休息一会吧。"大象这种动物，就算你鸣笛，他也不害怕，反而会张开两只大耳朵，对你怒目而视。因此，遇到这种情况，保持耐心是最重要的。

终于，两只大象玩够了，扭动着肥大的身躯让开了铁道。列车才又启动了。就这样，高俊亭班一趟车跑下来，整整一天没吃上饭。

施工任务紧，列车跑起来，情况千变万化，工作时间也不固定。有时要连续跑上 20 多个小时换不了班，高俊亭他们甚至有过连续工作 32 个小时的经历。就是在这种情况下，乘务人员短缺时，他还挤出自己的休息时间去替班。他说，现在即便苦点、累点，但和"毛泽东号"老一辈在战争年代的艰苦生活相比，根本算不了什么。

高俊亭一心扑在机车上，不管多忙多累，只要机车一停，他就一手工具一手棉丝，带头检查、擦拭、保养机车。虽然他文化底子薄，但对于复杂的内燃机车构造、电路及其他技术业务，肯钻肯学，下功夫、出大力。他说，在车

1971 年，郭树德（中）、朱殿吉（右）、高俊亭（左）在坦桑尼亚

下多头疼、多流汗，走起车来就能得心应手，就可以不头疼、少流汗。

对机车每个部件的构造、性能，他都做到了如指掌，因此能够把机车故障消灭在发生之前，做到防患于未然。他领导的机车组一直保持安全行车，未发生过机车故障，成为临管组叫得响的先进典型班组。

这天，他们在达南机务段整修机车。事先问了机务大队值班员晚上用不用车。高俊亭说，如果晚上用车，就留人休息准备跑车；如果不用，就全组动手修活儿。值班同志说，"晚上没有用车计划，你们干吧。"

于是，全组齐动手，冒着酷暑，擦车、修车，中午也没休息，整整忙了一天。到了傍晚，调度所突然来了电话，说是距离达南200多公里的基沙基工地急用机车，要5号机车组马上出车。值班员手握电话，感到很是为难："事先没有用车计划，车班也没留人休息，这么热的天都干了整整一天了，叫我怎么跟人家说啊？"

调度员在电话那头说："请把司机长老高喊来，我跟他说。"

有任务就干，从来不讲价钱，这是"毛泽东号"的传统。高俊亭在电话这头充满信心地说："什么任务你就交代吧，我们马上出车。我走头班，其他两班的工作由我来做。"

其实根本不需要做什么工作，其他两班的同志们二话不说，说走就走。

1972年，坦桑尼亚的朋友上了机车，学习开车技术。高俊亭同他们建立了深厚的友谊。

高俊亭就像对待亲兄弟一样，热心把技术传授给非洲朋友。跑车时，高俊亭和他们一同坐在驾驶室里，手把手地教，在整修机车时也和他们一道干，细细地讲。非洲朋友们也非常努力，进步很快，在较短的时间里，就掌握了单独作业的能力。

一个令人振奋的消息传来：坦桑尼亚总统尼雷尔和赞比亚总统卡翁达，要一起来坦赞铁路和机辆工厂视察。担任这趟专列开车任务的，就是跟高俊亭学习的两位非洲朋友，并由高俊亭随车指导。

还记得在"502"大会战紧张的时候，尼雷尔总统曾视察过铁路工地。那次总统的专列是由高俊亭驾驶的。现在，非洲朋友们已经能够自己驾驶机车，他感到无比激动和欣慰。

到机辆厂后，两位总统专门接见了担任专列任务的非洲乘务员，还对高俊亭他们的工作表示充分的肯定和赞扬。

直到1975年11月，高俊亭圆满完成了援坦任务可以回国了。非洲朋友们纷纷给他送行，紧握他的手不忍离别。

"半分钟"传统

"毛泽东号"的老司机长郭树德和蔡连兴都说过："毛泽东号"的经验用简单一句话概括，就是"责任心加责任制"。没有高度的主人翁责任感，没有严格的责任制，都不行。

1973年6月，"毛泽东号"第六任司机长郭映福离任，陈福汉接任第七任司机长。

陈福汉四十来岁，个子不算高，一双大眼炯炯有神。1957年入路工作，1959年，他就上了"毛泽东号"。

时间进入1975年，国内形势异常复杂。1975年1月举行的四届全国人大一次会议重申了四个现代化的目标。

夏初的时候，在中共中央关于加强铁路工作的决定推动下，全国铁路运输秩序迅速改善，运输指标普遍上升，形势开始向好的方面发展。

20世纪70年代，"毛泽东号"机车组司机和司炉正在瞭望信号。

转眼来到 1976 年元旦，"毛泽东号"已经安全走行 287 万公里。大家决心到当年 10 月底，在这台光荣的机车命名三十周年之际，攀上安全行车 300 万公里的高峰。

但就在这个月，敬爱的周恩来总理逝世了。全国悲痛，举世哀悼。"毛泽东号"全体同志泪满衣襟。

他们怎能忘记啊，周总理教导"毛泽东号"要发扬"二七"光荣传统，不能只有北京，要去全国，向全国铁路工人学习。按照周总理的指示，"毛泽东号"的同志们到大庆、大寨和其他兄弟单位去取经送宝，互帮互学，使他们大开了眼界，学到了很多好的经验，坚定了干好本职工作的决心。

对此，"毛泽东号"的同志们斗志昂扬、信心坚定。司机长陈福汉坚定地

1976 年 8 月，"毛泽东号"机车奔赴唐山大地震抗震第一线。

说:"一定要挂出300万公里这个牌子,干革命就不能怕被扣帽子、不怕被打棍子。"

全机组的同志们响亮地喊出了"迎接命名三十年,安全行车三百万,大干快上多贡献"的战斗口号,朝着新的奋斗目标开始攀登。陈福汉说:"眼前这两条铁轨,就像架在我们铁路工人的肩膀上,我们得挺直腰,为党、为国家承担压力。"

就这样,"毛泽东号"全组一条心、一股劲,发扬"半分钟"传统,拼命保畅通,努力改变铁路运输的被动局面。

司机刘锡明班组,一次牵引超轴列车,刚开出两站地,由于一列客车晚点,停站等线,一下子晚点10分钟。刘锡明马上通过无线电话与调度所联系,

力争把时间抢回来。运行中,班组三人互相鼓励,密切配合,紧张作业,终于抢在了时间的前面,正点到达目的地。

还有一次是胡国江班组,由于检车员修活,列车由丰台西站晚开11分钟。开车前他们就做好了赶点的准备。车到廊坊站,调度员通过无线电话通知胡国江,要他们正点到达南仓站。胡国江坚定地回答:"请放心,决不让列车晚一分一秒!"这时,他们已经赶出了几分钟,3个人再接再厉,结果到南仓站不仅抢回了11分钟,还早到了2分钟。

司机王作田,一连3次机车入南仓机务折返段都顾不上吃饭,抓紧检查完机车,就又出段挂车往回开,确保列车正点。第一次,他看到车站停着待发的列车,缺少机车拉,就主动向车站要求任务。按照规定,机车加煤、上水等整备作业需要55分钟,他就让伙伴们抽空去吃饭,自己不离车,四十多分钟就抓紧整备好,提前发车了。第二次,他看到车站上仍然压着车,又主动要任务,顾不得吃饭,提前发了车。第三次,他感到肚子实在太饿,就跑到食堂买了两个馒头,还没来得及咬上一口,正点发车的时间又到了。这趟车,正点开,按照列车运行图的安排,到前方站要让一列特快客车。如果晚开几分钟,就能避

1976年,"毛泽东号"满载救灾物资抵达丰润站。

1976年,"毛泽东号"机车组在唐山灾区。

免让车,减少自己的麻烦,但是却增加了列车晚点率。"不行,晚点的事咱们决不干!"老王一见信号灯亮起,立即正点发车。一路上,他聚精会神地操纵机车。当列车正点到达丰台站的时候,两个馒头还在他的饭盒里放着,早已凉了。

"毛泽东号"的同志们就是这样拼命抢正点、保畅通、当先行。正点列车他们抢早点,晚点列车他们抢正点,甚至晚点的还要变成早点。

"毛泽东号"安全行车的公里数字在迅速增加着。1976年7月28日,安全行车300万公里的目标即将实现的时候,唐山一带发生了强烈地震。灾情紧紧揪着"毛泽东号"同志们的心。到灾区去,到革命最需要的地方去,火一样的决心书立即送到了铁路局党委。

领导们热情支持"毛泽东号"的要求,但是又都考虑这样一个问题:灾区的余震还在不断发生,沿途信号中断,桥梁倾斜,随时都有可能发生事故,如此一来行车速度慢、跑得公里数又少。在这种情况下,安全行车300万公里的目标实现不了怎么办？

对这个问题，陈福汉代表"毛泽东号"机车组作出了响亮的回答："我们跑300万，是为了更好地促进铁路运输畅通无阻，为了使铁路更加适应经济发展和人民需要，而不是单纯为实现300万而完成300万。现在灾区的人民群众需要我们去支援，就是有千难万险，我们也要去！"

就这样，"毛泽东号"开赴了抗震救灾第一线。

在灾区那种极为困难的情况下，"毛泽东号"送去了党中央、毛主席的亲切关怀，拉去了灾区人民急需的物资，抢救了众多伤员，做出了突出贡献。同时，他们采取必要措施，百倍加强责任心，保证了行车安全。

1976年9月25日，"毛泽东号"攀上了安全行车300万公里的高峰。

"汽笛唱，金钟鸣，

送晚霞，迎晨星，

英雄的'毛泽东号'机车啊，

昂首顶风，

1976年，"毛泽东号"机车组认真学习内燃机车新知识。

走过了三百万公里的战斗行程，

渡过了三十个不断革命的寒暑春冬……"

当时的诗歌热情赞颂着"毛泽东号"的光辉业绩。

这一年，他们牵引各种货物列车 1200 多列，列列保正点，还使 76 列因故晚点的列车恢复了正点。

这一年，他们多拉货物 27500 多吨，节约机车用煤 460 多吨，节约油脂材料费 1081 元。

这一年，全组 13 个人，全都出满勤、干满点，没有半天事假，没有一次漏乘、迟到或早退。

这一年，他们胜利地实现了机车命名 30 周年、安全行车 300 万公里的目标，创造了我国铁路运输史上货运机车安全行车的最高纪录。

这些不是普通的数字，它闪耀着"毛泽东号"的光芒，饱含着铁路工人艰苦奋斗的优良作风。这些数字，是无愧于"开路先锋"光荣称号的"毛泽东号"的又一历史纪录！

关键时刻上得去、立得住、过得硬

时间来到了 1977 年的 6 月 1 日。

这一天，艳阳当空，京山线上，列车满载各种物资往来飞奔。一台我国自主生产的东风 4 型内燃机车，牵引着满载煤炭的五十多辆车，从丰台西站开出，向南仓站飞驰。

"毛泽东号"机车组的同志，正日夜练兵试车，力图更好掌握内燃机车的驾驶本领。

这天，从外面开会回来的司机长陈福汉同司机王作田、副司机刘龙泰一同跑车。他们学习贯彻"三老四严"作风，今天更是认真执行各项规章制度，时时、处处严格要求自己。此刻，正跑下行线。陈福汉要求王作田驾驶机车，他同刘龙泰顶副司机岗位。

他们一会儿到后面三个温度很高的机房里检查机械，把发动机润滑油压力和冷却水温度等及时向司机汇报，一会儿掏出计时表，把列车每段线路安全运行、提前进站的时间写在司机手册上。在司机手册的扉页，他们工工整整地写着十个大字："加强纪律性，革命无不胜。"

一个信号灯光，在远处道口的绿树荫中刚一闪现，陈福汉和青年副司机刘龙泰迅速同时伸出两个手指，高声呼喊：

"绿色信号！"

"绿色信号，好啦！"王作田同样伸起两个手指响亮地回答呼应着，列车风驰电掣般安全通过。

在他们行车往返的 220 公里线路上，有 13 个车站、7 座桥梁、55 个弯道和 122 架信号机。平时，机车组的同志利用休班时间，对沿途这些情况作详细调查，绘成运行示意图。现在，这张示意图已经深深印在每个人的脑海里。他们虽然对线路非常熟悉，但不论是晴天、阴天、还是雨天、雪天，都是严守岗位，坚持做到彻底瞭望，确认信号，高声呼唤，手比眼看，以确保安全，多拉快跑。

这个光荣的机车组 31 年来安全行车 300 多万公里，登上我国铁路运输史货运机车安全行车的新高峰。在最近举行的丰台机务段比武大会上，"毛泽东号"机车组的代表向大家提出了新的竞赛指标。"车行万站无运缓，消耗指标逐年减"；"牵引吨数超 4000，日车公里破 600"，等等。

6 月 1 日，陈福汉等同志跑的这趟车，已经是一个工作日中的第三次往返了。他们歇人不歇车，多拉快跑连轴上。车轮越转越快，驾驶台上时速指针已显示到 80 公里。这时，调度员从无线电中传来热情的呼声：

"快跑！快跑！后面有车追你们！"

3 个人开足马力，高鸣汽笛，呼啸着为后面追来的列车让出了线路。

前进，"毛泽东号"火车头！6 月 1 日这天，"毛泽东号"机车组又一次传出捷报：

日车走行 696 公里，创造了全铁路局内燃机车短途往返的历史最好成绩；机车牵引吨数达 4268 吨，刷新了全铁路局同类型机车牵引的最高纪录。这一天，他们还多拉了 1511 吨货。

宝剑锋从磨砺出！

最早驾驶国产东风 4 型内燃机车的时候可不是这个样子。1975 年，丰台机务段曾试用过国产东风 4 型内燃机车，但由于某些部件还不过关，检修和使用都缺少经验，机车一度从繁忙的京山线退到京原线。

关键时刻，"毛泽东号"机车组试用内燃机车能不能做到上得去、立得住、过得硬呢？事实是最好的回答："毛泽东号"机车组，不仅战胜了各方面的困难，出色地完成了试开内燃机车的光荣任务，还带头试跑了紧交路和长交路，成为了机车继续前进的新起点。

1976 年初，当领导决定让"毛泽东号"机车组试开国产东风 4 型内燃机车时，他们首先回顾了机车组 30 年来"迎着困难行，敢于顶风上"的斗争史，深刻认识到：由蒸汽机车过渡到内燃机车是一场工业现代化的变革，必然会遇到这样或那样的困难。但是，只要我们能正视矛盾、解决矛盾，发扬"越是艰险越向前"的精神，就一定无往而不胜。

决心下定后，同志们把劲头用在苦练开好内燃机车的硬本领上，通过"早起晚睡学理论，请进走出学经验"等措施，用不到两个月的时间就学完了 7 门功课。司机王作田文化水平低，基础差，但他毫不气馁，刻苦学习，每天都学到深夜，很快在内燃机车上入了门。

掌握了内燃机车基本理论和操作技术后，同志们并不满足已经掌握的知识，而是精益求精。司机刘希明参加机车轮检，晚上验收时发现柴油机转数不稳。他不回家，不离车，同检修师傅一起查找毛病，直到深夜一点多找到了毛病，解决了问题才休息。

全组同志为了能够迅速判断故障处所和对故障进行应急处理，动脑筋，摸规律，反复实践，找出发生故障原因，真正做到防患于未然。

一次，他们发现柴油机滑油压力压差大，虽然没有超过限度，但他们认为，压力增高说明机器发生了问题。同志们反复检查，发现油底壳篦子有铁沫。他们顺藤摸瓜，并进一步检查，终于发现汽缸滚轮发生了故障，磨出了铁沫，引起了滑油过滤压力压差大。经过及时处理，防止了机车事故的发生。

1977年1月，"毛泽东号"机车更换为国产首批东风4-0002号内燃机车，机车组在车前合影留念。

"毛泽东号"机车组的同志们认为：加快铁路运输内燃化的目的，是挖掘机车潜力，提高运输效率，促进国民经济。

为此，他们回忆了机车组前辈在建国初期，利用合并给水站的办法，带头试行了新运转法，压缩了停站时间，提高了机车车辆周转的先例，还联想到现在换了内燃机车以后，能不能改变过去跑小交路时每一个单程入一次库的办

法。通过分析，他们认为完全可以做到。内燃机车不像蒸汽机车那样加水、加煤、转头，但仍需要检查，只要在始发前认真把机车整备好，加强途中巡回检查，停车后检查走行部，就能做到安全运行。于是，他们向领导建议，试跑了快速折返不入库的运行方案。

过去多少年来，他们大多数时间是跑小交路和平道，对于跑山道上丰张线，打破惯例把两线合起来混跑，客观上确实存在不少困难。这段线路区段长，信号多，线路复杂，对安全不利。尤其他们是处在新车、新线、新技术的情况下，是不是能继续保持安全行车，多拉快跑，对他们确实是一次严峻的考验。

面对这种情况，是闯还是守？全机车组同志回顾了机车组勇拉上坡车的革命传统和在国民经济恢复时期，首开超轴列车的模范事迹，受到很大激励。

1977年，"毛泽东号"使用的首台国产内燃机车上线运行。

在取得已有成绩的基础上，他们不满足，不停步，于1977年6月18日，又带头跑了丰台至张家口至南仓间的长交路。

京山、丰张两线混跑的经验在全段推广后，不仅省车省人，而且提高日车公里近200公里左右。担任同样任务，机车运用台数由1976年的69台，缩减至1977年的44台，而且每天比过去多开了5对列车，加速了机车车辆的周转。

"有一点成绩更应该百倍虚心，得一分荣誉更增加十分责任。"多少年来，机车组的同志一直用这句话鞭策自己。陈福汉对战友们说："铁路是一部大联动机，光靠一个人苦战、单干，光靠全组人马拼命大干，那都是有限的。我们一定要听党中央的指挥，和千里铁路线上的战友紧密团结，互相配合，共同作战，当好先行官。我们要把'毛泽东号'机车组的每一分成绩，记在全国铁路工人的光荣册上，记在全国人民的功劳簿上！"

1978年2月，迎来了农历新年。节日时的丰台机务段，仍然是一片繁忙的景象。

在一间会议室里，"毛泽东号"机车组休班乘务员的座谈会正开得热烈。这是"毛泽东号"自诞生以来的第32个春节。每年在这个节日里他们都进行讲车史、讲传统的活动。

每个人都用不同的话语，表达了一个共同的思想：实现铁路运输高速度，是加快国民经济建设，实现四个现代化的需要，一定要争分夺秒，打一场提高铁路运输效率的硬仗。

在这方面，司机长陈福汉又做出了榜样。

正在中央党校学习的陈福汉，节前头一天回到段上，就忙于了解情况，找人谈话，进行家访晚上又出乘去跑车。

他们驾驶的是1019次列车，从丰台西站正点开出的时间应是23点45分，但由于其他原因，列车晚开了5分钟。这5分钟一定要抢回来。

一启车，他们就做好了恢复正点的准备。在安定站让过129次客车后，再启车，陈福汉聚精会神地进行操纵，紧跟在这趟客车的后面快跑。这时，天已

永远的"毛泽东号"

1978年,"毛泽东号"机车组成员认真研究新技术。

经下起了雪,前面是灰蒙蒙一片,雪在机车前大灯的灯影中飞舞着,打在前窗玻璃上,粘得很紧,经雨刷一划,成了一层冰,严重地影响了瞭望的视线。机车的无线电广播里传来两个兄弟机车组向调度提出停车擦玻璃的要求。

"决不能因为下雪影响列车正点!"陈福汉和本班司机王作田等,坚持从挂雪较少的司机室角窗瞭望,继续坚持快跑。结果,车到南仓站,终于恢复了正点。

从南仓站返回丰台退了勤,天已经大亮了。陈福汉不顾疲劳,没去休息,又兴致勃勃地参加了当时正开着的这个座谈会。

座谈会开到一半,"毛泽东号"前任司机长郭映福推门走了进来。他是特意赶回来参加节日跑车的。当他听说机车快要出库了,就急忙赶了去。春节要在车上过,这是"毛泽东号"历任司机长的老习惯了!

1978年3月,"毛泽东号"机车组给铁路局党委书记赵文普同志写信,倡议在全局开展"安全、正点、创高产"的竞赛运动。

倡议书提出:"开足马力快跑,挽起袖子大干,打破常规,挖潜提效,以少量的机车车辆完成更多的运输任务，使劳动生产率来个大幅度提高。"

"我们恨不得一人顶几个人干，一台车顶几台车用。"

"我们的目标是：日车破七百、日产超一百五，京山线上下行、丰张线上行由现在 3300 吨提高到 3500 吨。各地区、各部门根据自己的实际，订出力所能及的高指标。天天、旬旬、月月公布完成情况，领导重视，层层抓紧，天天分析，形成热火朝天的群众运动，以促进运输效率的迅速提高。"

全局职工积极响应"毛泽东号"的新倡议。

第三节

改革开放和社会主义现代化建设新时期的开路先锋

"1978年12月18日,在中华民族历史上,在中国共产党历史上,在中华人民共和国历史上,都必将是载入史册的重要日子。这一天,我们党召开十一届三中全会,实现新中国成立以来党的历史上具有深远意义的伟大转折,开启了改革开放和社会主义现代化的伟大征程。"

——习近平在庆祝改革开放40周年大会上的讲话

1978年12月18日至22日,党的十一届三中全会在北京召开,全会中心议题是讨论把全党工作重点转移到社会主义现代化建设上来。

全会作出了从1979年起,把全党工作重点转移到社会主义现代化建设上来的战略决策。在经济建设问题上,从纠正急于求成的错误倾向和全党要注意解决好国民经济重大比例严重失调等问题出发,采取一系列新的重大措施,对陷于失调的国民经济比例关系进行调整,对过分集中的经济管理体制着手认真的改革。

全会冲破长期"左"的错误的严重束缚,批评"两个凡是"的错误方针,充分肯定必须完整、准确地掌握毛泽东思想的科学体系,高度评价关于真理标准问题的讨论,果断结束"以阶级斗争为纲",重新确立马克思主义的思想路线、政治路线、组织路线。从此,我国改革开放拉开了大幕。

1981年,"毛泽东号"机车组探讨业务知识。

继往开来

1979年9月,高俊亭成为"毛泽东号"第八任司机长。

在1980年元旦,高俊亭代表"毛泽东号"立下新年目标:

我要和机车组同志们一起,继续发扬"毛泽东号"机车组光荣传统,勇挑革命重担,挖掘运输潜力,提高运输效率。为此,我们要发扬主人翁精神,用最大的干劲,精检、细修,保养好机车,用最好质量,保证运输的高效率;要努力学习技术业务,提高自检自修和排除故障的能力。发扬一点不含糊的精神,认真执行有关规章制度和安全措施,摸索掌握运行规律,做到车行万里路,列列保安全。在完成342万安全公里的基础上,到年底安全走行突破360万;发扬"半分钟"传统,做到车行千百站,站站保正点,站内晚开区间赶,前段晚点后段赶,千方百计恢复晚点列车,用最快的速度,保证运输高效率;发扬"锹锹数,两两算"的精神,节约一滴油,一两棉丝。万吨公里耗燃油,在逐年降低的基础上再有所降低,节省材料费2000元以上。实现一个达到:安全公里年底达到360万。两个超过：技术速度、机车总走行超过去年。三个降低：降低万吨公里耗油量、油脂费、材料费，多快好省地完成运输任务，为四化大厦添砖加瓦。

然而，这个看似寻常的目标实际上并不轻松——

1979年8月15日，丰台机务段实现了第一个百日无事故。正在大家高兴之际，运转车间却接二连三地发生了五件事故。结果，全段的事故件数直线上升。虽然比前年同期还少一件，但性质却严重得多。

原来，年初时为适应党的工作重点的转移，段党委提出要把主要精力放在运输生产上，下力气抓好安全，开展了实现百日无事故的活动。

可不到十天，运转车间就出了一件恶性事故。不仅砸了全段"百日"的锅，也使安全天数落在了全局13个机务段的后边。这样一来，运转车间的干部压力可大了，他们决心扭转被动局面。于是，干部群众一齐上，集中全力抓安全。经过一段时间艰苦的努力，"百日"终于实现了。谁知，他们还没来得及松口气，就又出了这么多漏子。

为什么会出现这种情况呢？他们坐下来认真对照"毛泽东号"进行总结：

"毛泽东号"机车组从使蒸汽到换内燃已经33年安全行车340多万公里。论设备，同是国产机车；论人员，平时表现都不错；论条件，有的和"毛泽东号"牵引同样列车，运行在同样区段。经过全面分析，他们找到了基础薄弱这个病根：发生的五件事故都有违章的因素，其中有三件是新司机，技术水平低也是主要原因。

他们吸取过去的教训，对症下药。针对一些同志组织纪律松、法制观念差、技术低的情况，利用多种形式进行安全第一的教育，还把《"毛泽东号"乘务作业法》印发给乘务员每人一册，组织学习，参照执行。通过这些工作，使"毛泽东号"机车组的先进经验得到了推广，基础工作得到了加强。

"毛泽东号"机车组在长期实践中总结出来的乘务作业法，包括了各项规章制度和对乘务人员出乘全过程的要求，分为 7 个环节，28 个字，重点突出，简明易记。按照它去做，就能保证安全。在全段推广以来，取得了显著成效。

1980 年 8 月上旬，"毛泽东号"机车去戚墅堰厂进行厂修。借这个机会，机车组的同志特意到上海机务段向"周恩来号"机车组学习，向上海机务段职工学习。

他们一下车，就同前来迎接的"周恩来号"机车组的同志交谈起来。次日，当听说"周恩来号"机车晚 8 点回段时，他们连夜来到机车上，把"周恩来号"机车从上到下，从里到外看了个遍。窗明几净，铜铁分明的机车状态，使"毛泽东号"机车组的同志无不钦佩。

为了学到更多的东西，他们请"周恩来号"机车组介绍了经验，并召开了两次座谈会。"周恩来号"以及其他机车组的代表和"毛泽东号"同志心情一样，都想学到点东西，可谁都不肯先开口谈自己的体会。

在这种情况下，由"毛泽东号"司机长高俊亭先介绍自己抓班组工作的体会，副司机王树广也汇报了当好助手、做司机长放心满意的人的体会。然后，以求教的口气，提出问题，向人家学习。

1982 年，铁路英模盛会在全国铁路先进生产者代表大会上，"朱德号"机车长孙广发（右）和"周恩来号"机车长姚联成（左），向"毛泽东号"机车长高俊亭（中）虚心讨教。

"周恩来号"司机长沈维忠介绍了他们的全面情况和民主管理的经验。接着,质量员老姚和核算员小于分别介绍了抓质量搞核算的体会。当听说安全调车 20 年的上海市劳模 1172 机车司机长劳林根参加会议时,又请劳司机长介绍了他们"抓一保安全"的体会。座谈会开得很活跃,"毛泽东号"乘务员学到了不少东西。

"毛泽东号"机车组的同志在跟车学习中,注意人家的每个动作。"周恩来号"乘务员交接班时,机车检查到哪里,"毛泽东号"同志们就跟到哪里。

高俊亭发现"周恩来号"副司机长姚连成检查牵引电机时,手里拿一个专门工具——自制的小钩,清扫缝隙间的炭粉,使他很受启发。

别的同志也发现了不少他们的独到之处。例如,一般确认信号呼唤应答

1982 年,"毛泽东号"机车组在车前全影。

是一个反复，而人家对主体信号呼唤是两个反复，二次确认。充分体现了"周恩来号"乘务员过细的工作作风。

回来的那天，高俊亭冒着小雨再次来到"周恩来号"机车上，又看到不少好的做法。姚连成本应十点多钟出勤，可他在出勤点以前就把整个机车细致地看完了。"毛泽东号"机车组的早出勤、细准备的习惯，在"周恩来号"机车的经验上更加完善了。

学先进，见行动。"毛泽东号"机车组从上海回来，在机车还没出厂的情况下，打破惯例，到别的机车组去替班，这是学习"周恩来号"后的一个变化。他们决心取长补短，使"周恩来号"的好经验在本机车组开花结果。

1982年8月，"毛泽东号"除做到全月安全生产外，还防止了3起事故发生。

8月24日，司机康建民班牵引一列3000多吨的列车进丰西一场时，虽信号、进路已经开通，但他们仍然时刻警惕地瞭望前方。突然，有两个人在前方不远的线路上，因不知列车进哪股道，慌张地来回穿越。司机果断使用紧急制动停了车，停后仅距行人一车远，防止了一起人身伤亡事故。

9月1日，司机长高俊亭班牵引1130次列车，从南仓开往丰台。车到杨村时，调度所要求在0点40分到达丰台，这意味着要比规定运行时间早点10分钟。津京间上行线路为上坡道，牵引3000吨的列车在风天运行，能保正点就很不易了。如再赶点10分钟，不仅吃力，而且耗油多。但是，当他们了解到后面的列车是重点车次时，决心按调度所要求到丰台。于是，他们加足马力，飞速前进，终于提前11分，于0点39分到达终点站，保证了重点列车的运行。

有一次，司机刘锡明从南仓站7道发车，这股线路没有出站进路信号机，道岔与总出站信号不联锁，是手动道岔，容易发生问题。

因此，开车后，他们密切注视前方，每个道岔都格外注意呼唤应答。果然发现前方第五位道岔不对位，立即使闸停车，防止了列车进入异线的事故。

刘锡明深有感触地说："要防万一，必须做到一万。执行制度九千九百九十九次不一定碰上事，但是一次不执行，时间、地点、条件适合了就可能出事故。"

一次深夜出乘，司机康建民班就遇到这样一件事：他们驾驶一列3000多吨的货物列车，以每小时70公里的速度由南仓向丰台方向开来。当列车行至落垡至廊坊间84公里处，发现前方线路上影影绰绰像躺着什么东西。为了保证行车安全，康建民决定，宁可停一次车，也不冒一次险，果断地按"看不清就停"的制度，使用了紧急制动。下车一看，原来是一棵大树横在道心上，机车停车位置已经接触了树梢。一起可能发生的列车颠覆重大事故就这样被防止了。

这年10月30日，"毛泽东号"机车组迎来了命名36周年，就在同一天，这个机车组又首创全路第一个安全行车400万公里新纪录，真是双喜临门。400万公里，相当绕行地球100圈。

这天，司机刘锡明、副司机李砚奇负责值乘机车向安全走行400万公里冲刺的最后一趟列车。在出乘会上，他们互相鼓励：一定要圆满地完成这趟列车的运输任务，用生产上的出色成绩，纪念"毛泽东号"机车命名36周年。

下午14点40分，汽笛一声长鸣，"毛泽东号"机车牵引着1049次列车从丰台西站徐徐开出。司机刘锡明两眼盯着前方，左手紧握闸把，右手不时地调整着手柄位数，列车运行渐渐加快，速度表上的指针，由60公里上升到70公里、80公里。列车像飞起来一样，一颗颗绿灯一闪而过。

副司机李砚奇时而帮助司机瞭望，和司机高声呼唤应答，时而到机器间检查各部位的设备情况。列车经过1小时20分钟的运行，安全地完成了1049次列车的牵引任务。随后，根据列车调度员的命令，他们又继续值乘42144次列车返程。17点20分，机车平稳地驶进丰台站。

这时，为"毛泽东号"机车庆贺的人们早已等候在丰台机务段。他们中有路局、北京分局、丰台地区的领导，还有一些单位的劳动模范。

机车在整备线上刚一停稳，丰台西站职工、路局先进生产者刘福增就登上机车，向司机刘锡明献了花。接着，北京分局领导把写有"安全走行四百万公里留念"的锦旗，献给了机车组，并向他们表示祝贺。

"毛泽东号"司机长高俊亭激动地说："我们的工作离党的要求还有很大差距，我们要把已经取得的成绩作为新的起点，向五百万公里进军，为开创铁路运输新局面做出新贡献。"

这天下午，丰台机务段党委为"毛泽东号"机车命名36周年和安全走行400万公里召开了庆祝大会，全段有一千多名职工参加了会议。

到1986年10月30日，"毛泽东号"机车组以多拉快跑、安全节约的优异成绩迎来了诞生40周年。

此时，他们已安全运行472万多公里，节约燃油530多吨；节约煤炭12000吨，节约油脂材料费75200多元，多运货物1821000多吨。

到1988年10月30日，"毛泽东号"机车组已走过了42年的漫长历程，并在本年的8月29日实现安全行车500万公里，创我国铁路货运机车安全行驶的最高纪录。

这几年来，"毛泽东号"机车组人员发生了变化，青年人逐渐占小组成员的70%，他们文化水平高，思想活跃，接受新生事物快。他们发扬"严是爱"

1988年8月29日，"毛泽东号"安全行车500万公里。

的光荣传统，使"责任心+责任制+基本功=安全正点"的基本做法扎根班组，给机车组带来年轻的活力。

挺进新世纪

时光进入20世纪90年代。1990年2月，第八任司机长高俊亭下车，王志祥成为"毛泽东号"第九任司机长。

1993年，是毛主席诞辰100周年。"毛泽东号"司机长换了9任，有127名机车乘务员先后在"毛泽东号"机车上流过汗水。47年来历史在不断变化的"镜头"中发展，人们的思想也在历史的大潮中变化。但"毛泽东号"人，仍保持着良好的传统和思想。因为他们知道，"毛泽东号"不仅属于他们自己，更属于全路、全国。"毛泽东号"全体乘务人员始终自觉地坚持用毛泽东思想指导自己的言行。

"毛泽东号"老司机长郭树德曾说过，"我们老同志就是从《毛泽东选集》中懂得革命真理，明确工人阶级历史使命的。我们是以毛主席名字命名的机车组，无论今后形势怎样变化，用毛泽东思想建班育人这一条不能丢！"从20世纪50年代到今天，每当新同志上车，他们办的第一件事就是赠送《毛泽东选集》。副司机田连生至今记忆犹新的是，1990年他刚到"毛泽东号"，司机长王志祥跑了大半个北京城，为他买了一本《毛泽东选集》。

"毛泽东号"人说，没有耕耘就不会有收获，前人不栽树，后人怎能乘凉，艰苦的工作总需要有人去做，"毛泽东号"人最看重的不是金钱，不是所谓自我价值的实现，而是艰苦奋斗、无私奉献、全心全意为人民服务、对人民负责的主人翁责任感。

"毛泽东号"人很注重自觉地维护"毛泽东号"的形象，因为那代表的不是个人，而是几代人用心血凝成的荣誉。用副司机田连生的话说，"毛泽东号"是一块牌子。为此，他们付出了比常人多得多的辛苦，每次停车，他们都认真地擦洗，使"毛泽东号"机车永远一尘不染。在作业时间长、跑不出公里数的

红色记忆

1991年,"毛泽东号"第二次换型。

"急、难、新"的工作上,他们从未因是"毛泽东号"而接受照顾。

"毛泽东号"人说,如果人人都为自己着想,各自只扫门前雪,不管他人瓦上霜,甚至门前雪都不愿扫,那么社会怎能进步,人们怎能安居乐业?助人为乐才是真正值得崇尚的。

1992年冬天,27岁的司机吕长杰在南仓发现停在邻道上的机车给了信号不发车。当得知该车冷却风扇油管冻裂了,便主动上前帮助修理。望着小吕满身满手的油污,长他十几岁的同事不住地说:"师傅,谢谢了。"这时,小吕心里想的是我为"毛泽东号"争得了荣誉。

机车组的活又脏又累,如何实现个人价值?"毛泽东号"人认为,敬业精神更值得提倡,三百六十行,行行出状元,离了哪行都不行。

司机长王志祥说,"我小时有两个愿望:一是上大学,二是当军人。后来当上了火车司机,并光荣地当上了'毛泽东号'司机长,干一行就应爱一行,

105

我对自己的今天毫不后悔。"

司机许志祥说："与老一代乘务员相比，我们只感到干得太少了。因为，比起当年艰苦的条件，现在要好得多了，应该做得更多更好才对。"

正是有了这样不懈的进取精神，"毛泽东号"才一路辉煌。到 1993 年 11 月底，"毛泽东号"安全行驶了 590 万公里，相当于绕地球 147 圈。

当人们问，12 月 26 日你们会用什么形式纪念毛泽东诞辰 100 周年时，"毛泽东号"人说，最好的纪念方式是让"毛泽东号"在铁路上安全运转、再创佳绩。

1994 年 6 月 16 日，"毛泽东号"机车组再传捷报，实现安全走行 600 万公里无事故，再次创下了货运机车安全行驶的新纪录。

11 月 1 日，丰台机务段在全段掀起学习"毛泽东号"新高潮，开展创建"毛泽东号"式班组活动，以在新形势下，弘扬正气，鼓励先进，使全段所有班组走"毛泽东号"育人建班的治本之路。

1996 年 3 月 16 日，北京分局爱国主义教育基地"毛泽东号"机车展室在丰台机务段落成，并举行了揭匾仪式。"毛泽东号"机车展室是北京分局的第一个爱国主义教育基地。此后，这一基地被铁道部命名为首批全路 15 个"铁路爱国主义教育基地"之一。

展室百余幅珍贵的历史照片和几十件珍贵的历史文物，向人们展示了"毛泽东号"自 1946 年 10 月 30 日诞生以来，以大无畏的革命英雄气概、"永拉上坡车"的进取精神和"严细实"的工作作风，在中国人民的解放事业和社会主义建设事业中积累的宝贵经验和取得的辉煌业绩。

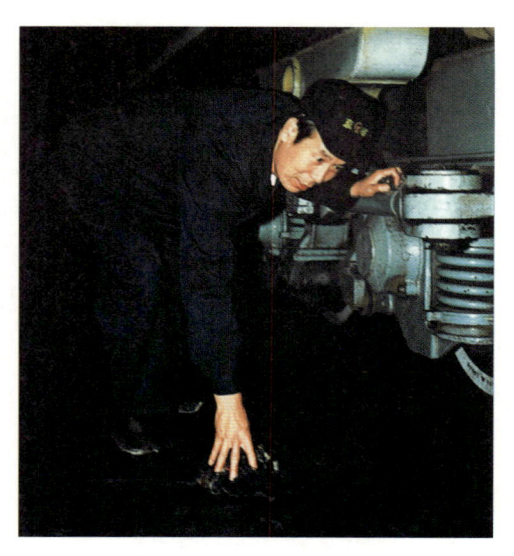

1992 年，"毛泽东号"第九任司机长王志祥检查机车。

1993年，王志祥利用定修小组会组织车组同志学习技术业务。

1992年9月，第九任司机长王志祥发布《"毛泽东号"安全值乘作业法》。

1996年，"毛泽东号"迎来第五十年。10月24日，北京路局、路局党委做出关于深入开展向"毛泽东号"机车组学习活动的决定。

《决定》说，"毛泽东号"机车组，是在革命战争年代诞生，在毛泽东思想哺育下成长起来的英雄集体。五十年来，"毛泽东号"机车组，在党的领导下，为中国的解放事业做出了突出的贡献，为中国的社会主义建设和改革开放建立了不朽的业绩。"毛泽东号"机车组几代乘务员，在革命和建设的实践中，锤炼形成的火车头光荣传统，是我局的宝贵财富。为贯彻落实党的十四届六中全会精神，推动我局改革、建设和发展，促进精神文明建设，路局、路局党委决定在全局范围内深入开展向"毛泽东号"机车组学习活动。

学习"毛泽东号"机车组一往无前的革命精神。牢固树立开革命车没有终点站、永不停轮的思想，坚持党和人民的利益高于一切，对党的事业无限忠诚，做到党有号召，我有行动，党叫干啥就干啥，义无返顾冲在前。筑牢一心想革命、一心为革命、一心干革命的精神，把这种精神落实到改革、建设、发展全过程和各项工作之中。

学习"毛泽东号"机车组艰苦奋斗的优良传统。牢固树立勤俭办一切事业

20世纪90年代,"毛泽东号"机车组参加全路班组建设工作会议。

的思想,不管条件怎样改善,艰苦奋斗的传统永不丢。大力发扬"锹锹数、两两算,点滴节约汇大川"的节俭传统,励精图治,厉行节约,反对浪费。永远保持铁路职工艰苦创业,自强不息的传统,越困难越鼓劲,永拉上坡车。

学习"毛泽东号"机车组敬业爱岗的主人翁态度。牢固树立正确的人生观、价值观和崇高的主人翁责任感,干一行、爱一行、钻一行,当老实人、干老实活,把本职岗位当作敬业奉献的用武之地,把全心全意为人民服务作为价值取向,勤勤恳恳、尽职尽责,在本职工作中讲道德,塑形象,践承诺,服务人民,奉献社会,增强岗位创优意识,在平凡的岗位上,干一流工作,创一流业绩。

学习"毛泽东号"机车组熟练过硬的业务技能。牢固树立对工作精益求精、一丝不苟的负责态度,把革命干劲与求实精神结合起来,苦练过硬的基本功,突出"勤"字,狠抓"练"字,落实"好"字,广泛开展岗位练兵和技术比武活动，人人做到"问不倒、考不倒、难不倒、一手精、一口清"，作安全生产的标兵。

学习"毛泽东号"机车组苦干实干的工作作风。牢固树立哪里最需要，哪里最困难就到那里去的思想，兢兢业业干好每项工作。认真坚持每项规章制度，把规章制度视为安全行车的生命，强化实干作风，把岗位责任制落实到每班、每人、每个作业过程，任何情况下不含糊、不走样。

学习"毛泽东号"机车组高严细实的班组管理。坚持用毛泽东思想和建设有中国特色社会主义理论建班育人，大力加强安全管理、技术管理、作业管理、现场管理，实现制度化、规范化、有序可控。不断反骄破满，主动查找不足，强化基础工作，大力提高内实，增强团结协作，搞好互助友爱。把班组建成搞好各项工作的战斗集体和建队育人的大熔炉。

1997年5月，"毛泽东号"迎来第十任司机长——葛建明。此时，"毛泽东号"机车已经连续安全走行630万公里。

葛建明带领组员们继续勇当排头兵。他本人还先后被授予"火车头"奖章，评为北京市劳动模范，被授予北京市优秀共产党员、"首都楷模"称号。2000年4月，葛建明被授予全国劳动模范称号。

京九线刚刚开通，交路紧、任务重，困难重重。"上京九！"当葛建明把想法告诉同志们时，组员们都很理解司机长的心思："哪里需要哪里去，这才不愧'毛泽东号'机车组的传统。"他们主动请缨，将车开进了路况不熟、货运繁重的大京九。

这绝不仅仅是调整交路的小事。上京九，从丰台直抵聊城，单程420公里，乘务员要在外地驻班，乘务时间长，安全系数低。正因为困难大，险情多，才显出"毛泽东号"机车组的英雄本色。

"毛泽东号"一路凯歌！

葛建明清楚自己肩上担子的分量。这台全路唯一用毛泽东的名字命名的机车，自诞生起就以艰苦奋斗的优良传统、爱岗敬业的主人翁态度、熟练过硬

1997年,"毛泽东号"第十任司机长葛建明驾驶机车。

的业务技能、严细实的班组管理和安全生产的实际行动,向世人展示着铁路产业工人的风采,在我国铁路发展的每一个重要历史时期都发挥了重要作用。被誉为"机车领袖""火车头中的火车头",是全国铁路运输战线的一面旗帜。

于是,他提出了"思想不过硬就开不了安全车"的观点。上任开始,他针对车组新人多、年轻人多的实际,从思想教育入手,培育高素质队伍。

他组织全组人员参观"毛泽东号"展室,进行车史传统教育,详细了解"毛泽东号"机车组的光荣历史,并带车组的新同志到老司机长、老司机家中拜访,亲耳聆听"毛泽东号"经验的形成和发展过程,请他们传授工作方法和工作经验。他还与"周恩来号""朱德号"等先进班组进行联系交流,虚心学习他们的先进经验,以此来激发全组人员的荣誉感、责任感和使命感。

"责任心+责任制+基本功=安全正点"这个"毛泽东号"几代人在长期运输安全生产实践中总结出来的基本经验,在当时铁路跨越式发展中有着更加重要的指导意义。

他不厌其烦地向车组人员讲,在这个公式中,责任心是第一位的。只有有了高度的责任心,才会自觉落实责任制,才会踏实地苦练基本功,唤起大家爱岗敬业的情怀。

葛建明常说,"毛泽东号"必须不断提高标准。对待问题要以一当十,"拿猫当虎斗";面对成绩要以十当一,越有成绩越虚心。他是这样说的,也是这样做的。

在值乘中,他要求全车组每班都要做到执行制度一点儿不含糊,检查机车一点儿不放过,操纵列车一点儿不松懈。

在一次值乘中,他发现柴油机的废气总管总是烧得通红,而且机油消耗量有所增加,就提高警惕,加强巡视检查。为尽快找出原因,他在噪音极大的机械间里一盯就是几十分钟,终于找出了不良处所,排除了一起柴油机机破的重大隐患。

有一次,车队里的一台机车因风泵保险烧损造成机破。葛建明得知后,立即组织大家对机车所有电器触头进行打磨清扫,消除故障隐患,同时备足各种保险片,严防类似问题发生。他说:"这叫别人有病咱也吃药,没病常打预防针。"

自从葛建明担任"毛泽东号"司机长后,他不知放弃了多少属于自己的休息日。每逢机车做小修、中修,活儿比较多的时候,他更是脏活累活抢着干,

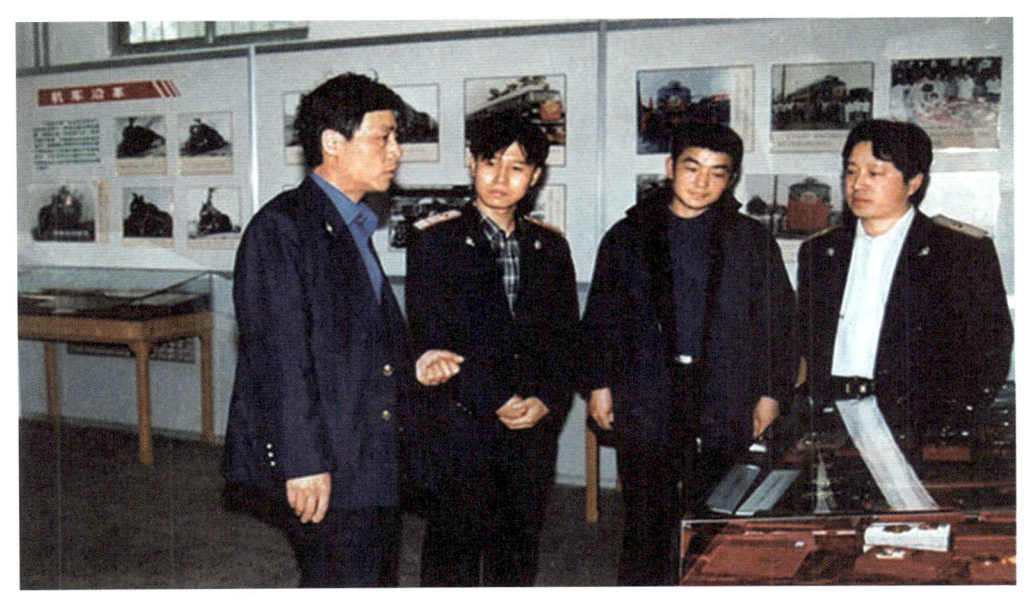

1998年,"毛泽东号"机车组成员重温车史,激励大家"哪里有困难,就到哪里去"。

永远的"毛泽东号"

有时甚至加班加点连轴转。

1998年10月，受调图提速影响，京九线货运任务突然增加，担任京九任务的机车和人员都十分紧张。葛建明马上和机车组人员商量，主动找到段领导请缨上京九。

这条线是新线，丰台机务段担当丰台至聊城间420多公里的运输牵引任务，等于在京山线丰台至南仓间跑两个来回而且乘务员还要在外段驻班。工作时间长，安全系数低都是明摆着的。但"毛泽东号"机车组那些血气方刚的小伙子们在葛建明的带领下，不畏艰难，就是要干出点样儿来。

上级领导对他们主动迎着困难上京九线的想法给予了充分肯定和高度赞扬，认为这条新干线的安全运输工作，很有必要靠"毛泽东号"这样的班组去带动。他们的请求很快得到了批准。

在"毛泽东号"这台英雄的机车上，葛建明和车组年轻的同志们，为了这台英雄机车的荣誉，在火车司机这个平凡的岗位上默默地奉献着。

2000年，毛泽东号机车组实现安全走行700万公里。

2002年,"毛泽东号"机车组成员探讨非典抗疫工作。

把党支部建在班组

2005年5月,"毛泽东号"迎来了第十一任司机长——年仅32岁的赵巨孝。

其实,他与"毛泽东号"早已结缘。1998年,赵巨孝就已担任"毛泽东号"副司机,在这个育人的大熔炉中,他迅速成长,逐渐锻炼成长为一名技术业务好、思想政治强的机车乘务员。

他曾多次将安全事故扼杀在摇篮中。就在刚上"毛泽东号"时,在一次值乘任务中巡检机械间,他发现燃油表管断裂喷油,果断采取措施,防止了一起火灾事故。

2002年4月,赵巨孝调出"毛泽东号"机车组,在别的机车担任了司机长职务。2003年6月,他再次回到"毛泽东号"机车组担任司机。2004年5月,他光荣地加入中国共产党,同年11月,他被任命为"毛泽东号"机车组副司机长。

被任命为"毛泽东号"司机长后,赵巨孝也有过思想包袱,但在各级组织和领导的关怀下,他最终树立了信心,并且结合面临的形势任务特点,很快确定了"在继承中创新,在发展中作为"的工作思路。

他发扬舍小家顾大家的传统,把大部分时间和精力都投入到工作之中。

由于段内的排水设施陈旧,每逢下大雨道岔经常发生故障,需要人工摇岔子才能保证机车正点出房。在每个汛期,赵巨孝只要发现天气不良有下雨迹象就不回家,在单身宿舍休息。为的是一旦有大雨可以最短时间内到达故障现场。他还要求车组人也倒班在单身宿舍休息,以保证发生故障时有足够的人手。

在站段整合的特殊时期,赵巨孝带领机车组全体人员,发挥先进机车组的模范带头作用,对进房机车义务检查。他本人下地沟,爬电机,紧螺丝,绑防缓,共检查机车70多台次,处理故障一百多个,在特殊时期对保证全段安全稳定做出了贡献。

在一次担当行包列车运输任务时,机车2轴电机轴承超温报警,赵巨孝仔

2006年,"毛泽东号"机车组参观中国工农红军长征胜利70周年展览。

细观察，分析对比前后台车散热的不同处，发现前台车小百叶窗打开后，在运行中受到震动会自动关闭，造成电机通风不足，高速运行时电机轴承就会超温。

为避免小百叶窗自动关闭，他认真琢磨，自己动手用木块做成挡块，百叶窗打开后将挡块放在拉柄处，防止了百叶窗自动关闭，从而很好地解决了这个问题。

随着单司机值乘制度的实行及第六次大提速的实施，新技术、新设备在机车上不断应用。"毛泽东号"原有的 28 个字一次出乘安全作业法不能涵盖当前作业内容。赵巨孝积极开动脑筋，联系在实践中遇到的问题，想办法使安全作业法能适应当前形势。新 28 字法应运而生：早、阅、订、听、联、摸、挂、停、确、验、检、主、准、发、防、盯、勤、严、对、触、呼、稳、整、洁、良、算、总、帮。

他还发动机车组人员，商讨如何在新形势下确保安全运输。经过无数次的

2004 年，换型后的"毛泽东号"DF4D-1893 号内燃机车奔驰在京九线上。

实验、修改，最后改定的"安全值乘作业法"保留了原来的8个作业程序和28个字头，增加了列车运行监控纪录装置和IC卡的操作、使用程序以及注意事项，明确了单司机值乘过程中，两名司机各自的职责。修改后作业法成为新制度下机车乘务员作业的一个规范标准，促进了全段乘务人员的标准化作业。

在班组管理上，赵巨孝本着"公开、公正、公平"的原则，8大员分工制使车组人员既是管理者也是被管理者，全员管理调动了大家参与车组事务的积极性，也增进了凝聚力。

乘务体制改革后，"毛泽东号"仍然实行包乘制。面对各种变化，赵巨孝与车组人员一起积极应对。为规范管理，他重新制定了呼唤应答标准化制度、单司机作业标准、机械间巡检标准等；为确保机车质量，他制定了修程质量表制度、趟检查制度；为保证在超劳情况下确保安全运输，他制定了超劳情况下的作业措施；为保证机车清洁，他采取劳逸结合、统筹管理的方法，制定了修程清洁和趟清洁制度……

"毛泽东号"第十一任司机长赵巨孝驾驶机车

不在荣誉面前停步，不在责任面前低头。这是赵巨孝对自己作为"毛泽东号"司机长的定位，也是一名共产党员的党性所在。

如何把思想引领的成果运用到实际工作中？在反复思考的过程中，赵巨孝结合自控型班组建设的要求，探索建立了"双环形管理构架"，把班组管理系统与党支部管理系统有机融为一体，进一步完善了班组工作与党支部工作一体化考核的工作机制，形成了"人人都管事，事事有人管"的良好班组氛围和安全管理的常态可控。

2008 年初在我国南方发生的低温雨雪冰冻灾害，来势凶猛，影响范围大，持续时间长，使得原本紧张的铁路春运更加雪上加霜。赵巨孝看在眼里，急在心头。

"必须保证机车质量稳定，一定要尽最大能力往灾区多运几趟。"简短的一句话，饱含着赵巨孝对灾区人民深切挂念之情和拳拳的赤子之心。

在他的带领下，机车组成员在救灾抢运期间，细心检车，确保机车质量稳定；专心值乘，确保列列安全正点；精心操纵，确保货物平稳不移位。灾害期间，"毛泽东号"机车组共计担当抢运救援物资和电煤任务 8 列，运输货物上万吨。

高素质的职工队伍是安全行车保障的基石。"毛泽东号"人始终以"熟记规章一口清、自检自修一手精、标准值乘不走样"的要求，坚持学习技术业务。作为新时代"毛泽东号"机车的领路人，如何在技术上继续保持领先水平？赵巨孝在实践中不断探索，用实际行动给出了答案，并创造了一个个新的成果。

机车乘务员从踏上机车的第一步到执行完任务离开机车，机车从检修库房中开出的第一米到再次返回到检修库房中，机车组都有一系列具体操作措施。

"毛泽东号"机车组总结出的"28字一次出乘作业法"，将新的"28字一次出乘作业法"编写成册，制成教学光盘，提供给全体机车司机学习，成为了机车司机作业程序化、规范化、标准化、制度化的准绳。

为解决机车在运行过程中因机器故障而影响安全的难题，赵巨孝认为只有提高机车维修质量，才能保证机车在运行过程中不发生故障。"毛泽东号"机车实行的是包乘制，也就是这台机车无论是日常的维修保养，还是出车上线运行，都由机车组的9名成员来负责。赵巨孝针对包乘制的特点，经过反复思考，制订了机车在维修保养过程中"五必检""五到位"的检查法。

"五必检"就是机车司机对机车进行检查时，必须检查的五个重点部位；"五到位"就是乘务员对机车清洁保养必须达到的标准。这一检查法不仅涵盖了机车质量检查标准的全部重点内容，使机车维修保养质量有很大提高，还有

2008年，"毛泽东号"机车组成员积极为汶川灾区捐款。

效压缩了机车维修保养时间，提高了维修效率，使"毛泽东号"机车每走行十万公里的时间，由三年前的193天，缩短到144天。

赵巨孝有句话总是挂在嘴边："一块棉丝只用一次就扔掉，绝对是一种浪费。"在他的带领下，他们是车间里领取棉丝最少的机车组，因为他们总是到废旧料堆里找旧棉丝用，把别人丢弃的还有使用价值的棉丝捡回来洗一洗再接着用。在检修黄油涂抹较多的部位时，他们总是先用木棍刮一遍，然后再用棉丝擦。机车组已经养成了把脏棉丝洗了再用、用了再洗的习惯。

任职五年来，赵巨孝先后获得全国五一劳动奖章、北京市国资委优秀共产党员、铁道部"火车头"奖章、铁道部"优秀共产党员"等荣誉，并荣获了全国劳动模范称号。

"毛泽东号"机车组是全路著名先进集体，是铁路运输战线一面高高飘扬的旗帜。在新中国成立60周年之际，丰台机务段为进一步弘扬新时期"毛泽东号"的时代精神，充分发挥"毛泽东号"机车组这一先进典型在安全生产和企业文化建设中的示范和引领作用，特研究决定在"毛泽东号"机车组成立党支部。

2009年8月6日上午，丰台机务段召开"毛泽东号"机车组成立党支部大会。

该党支部根据《中国共产党章程》和《铁路企业党支部建设纲要》有关规定成立，支部委员会由3人组成，司机长赵巨孝兼任党支部书记。

"毛泽东号"机车组的一天如何度过？2010年8月17日，有记者记录了他们的一天。

清晨6:00，迎着刚刚升起的太阳，"毛泽东号"机车静静地停在库线上，清晨的阳光洒在车头铜制的毛主席像上，闪耀着金灿灿的光芒，机车组的小伙子们正在忙碌地做着出乘前的准备。

手拿棉丝的司机长赵巨孝说，他们这个班组有个习惯，每逢有重大活动，不管当不当班，家住多远，大家都会一起来给机车做清洁准备工作，让"毛泽

2010年11月，正在制造中的"毛泽东号"电力机车。

东号"机车干干净净地上线。在他们心里，"毛泽东号"机车应该永远都是光辉灿烂的。

7:20左右，"毛泽东号"机车被擦拭得整洁一新。当日值乘的赵巨孝和杜昭炜又分头对机车的走行部做最后一遍检查，在检查沙箱的时候，赵巨孝指着机车轮对一处螺丝上的油漆标识说，以前查看机车走行部的时候，他们都是用检点锤敲击，通过声音判断螺丝是否松动，时间一长，容易造成漆面脱落。为了保证既检查到位，又不损伤机车漆面，他们想出了这个主意，一看标识就知道螺丝是否松动。

7:40，机车整备工作全部做完。机车组利用难得的集中时间召开班组会，总结近一个时期的班组工作，并按照段有关部门的要求对行车中的安全问题进行交流和布置。和其他的班组不同，"毛泽东号"机车既要正常上线值乘，担当运输生产任务，还要参加各类活动。为了提高运输生产效率，其他的车班大多实行轮乘制，而"毛泽东号"实行的却是包乘制，这就要求他们在机车的养护、运输等多方面都要比别的班组付出更多的辛苦和努力。

8:20，开完班组会。赵巨孝和他的组员——25岁的杜昭炜来到派班室办理出乘手续。接受一系列严格的检查、签字之后，他们拿到了当天的出乘命令：丰台西站三场接挂55节空油罐车，送往位于京九线下行146公里的河北任丘站。在派班室里，赵巨孝和杜昭炜又仔细查看了当天的行车信息和通报，并将相关内容抄记在自己的行车手账里。

9:00，他们登上机车，着手开车前各项准备工作。

9:40，"毛泽东号"机车缓缓驶出库线离开丰台机务段，驶向丰西编组场。

10:32，机车到达丰西编组场。

10:50，按照调车员的指引，赵巨孝和杜昭炜一个车上，一个车下，将机车与罐车连接就位。这趟编组为85703次的列车，静静地在发车场等待着发车信号。

凭经验，赵巨孝知道离开车还有一段时间，这才拿出早上买好的鸡蛋烧饼吃了几口。所有货车乘务员的吃饭问题几乎都是一样的，没有准点，饿了就吃几口，没时间就不吃了。

11:20，机车无线列调里传来了车站调度的话音"85703次绿灯开车……"，"85703次绿灯开车，司机明白"。

驾驶台上，赵巨孝左手转动刹车手柄解除制动；右手轻推提速杆，随着列车汽笛的鸣响，"毛泽东号"发出一阵阵低沉的轰鸣，列车徐徐启动，牵引着长长的油罐车，朝着京九线驶去……

一路上，列车以65公里左右的平均速度向着任丘方向前进，驾驶室里两个人不停地呼唤应答，仿佛训练场上战士和指挥员的口令声声不断。

由于是行驶在繁忙的京九线上，货运列车总会在不同的区段停车避让客运列车，一路上走走停停，从丰西到任丘146公里的路途，85703次列车行驶到任丘站总共用了近 5 个小时。

16:15，由"毛泽东号"机车牵引的 85703 次列车到达任丘站，完成了它的第一段牵引任务。

在任丘站完成了穿越正线的折返作业后，"毛泽东号"机车又接到了调度命令，编号 5356 次单机返回霸州。

17:23，机车到达霸州。按照调度命令，加挂 25 节空敞车，编组 40116 次返回丰台西站。

17:52，"毛泽东号"牵引着 40116 次列车踏上返程路。

返程的路上，赵巨孝和杜昭炜估算着回程的时间，按他们的说法，今天的交路比较顺，从出乘到退勤，也就十四五个小时。

20:14，列车到达丰台西站，摘挂作业后等待返回丰台机务段……

机车从丰台西站返回机务段按照正常作业程序还要一个多小时，回到段上乘务员还要做必要的养护后才能退勤，真正下班大概要到晚上 10 点了……

2010 年 12 月 26 日，毛泽东主席诞辰 117 周年纪念日之际，北京铁路

2011 年 6 月 19 日，"毛泽东号"机车组实现安全走行 900 万公里。

局在丰台机务段隆重举行"毛泽东号"机车换型仪式。此次机车换型是根据铁路装备现代化的新形势和运输需求而进行的第四次换型，机车型号由东风 4D1893 内燃机车更新为和谐 3B1893 电力机车，机车功率由 2425 千瓦提高到 9600 千瓦，牵引能力得到大幅度提高。

与时俱进

"我宣誓，我是'毛泽东号'指导组的一员，我将秉承立足岗位，尽职尽责，无私奉献，勇于争先……"

2011 年 3 月 30 日，在丰台机务段"毛泽东号"机车实行轮乘制暨"毛泽东号"指导组、指导组党支部成立大会上，指导组组长赵巨孝和指导组其他 24 名成员，高举紧握的右拳，庄重宣誓。

实行轮乘制、成立指导组，是"毛泽东号"机车组的一件大事，旨在进一步适应铁路现代化运用方式的变化，发挥机车运用效能，提高机车和人员组织的周转率。

指导组人员由原来的 9 人增加至 25 人，为"毛泽东号"输入了更多年轻新鲜的血液，更多的优秀乘务人员能够亲身参与、感受领悟"毛泽东号"优良传统；将包乘制改为轮乘制，解决了机车运用受固定机车组的约束，有效利用机车生产，延长运行交路，获取最大的经济效益；将"毛泽东号"班组党支部改为"毛泽东号"指导组党支部，能够更广泛地发挥"毛泽东号"典型引领和建班育人的熔炉作用和党支部战斗堡垒作用。

"毛泽东号"机车见证了新中国铁路的发展，经历了机车乘务体制的变革。"毛泽东号"机车自命名之日起，就实行包车负责制，从丰台到郑州，走陇海、经徐州、到济南，"'毛泽东号'机车开到哪里，包乘制就推行到哪里"，既提高了机车日常维修和保养，又增强了乘务员技术业务水平和工作责任心，调动了广大乘务员的生产积极性，为新中国铁路乘务体制发展开辟了新道路。

中国铁路发展日新月异，重载高速、长交路运输相继实施，运输生产任

2010年12月26日,"毛泽东号"第四次换型为HXD3B-1893号电力机车。

务给人才培养、队伍建设提出了更高要求,"毛泽东号"指导组和"毛泽东号"指导组党支部的成立,更是为了适应发展变化、运能需求和乘务体制改革的需求。

正如时任丰台机务段党委书记王克明在大会上感言:"'毛泽东号'实行轮乘制、成立指导组就是让先进典型更具有说服力!'毛泽东号'65年的安全运行、建班育人凝结着干部职工的汗水,凝结着对'毛泽东号'机车的崇敬,65年一如既往、65年坚守忠诚,包乘制即将成为历史,轮乘制将随着'毛泽东号'指导组的成立而开始,是传承更是发展,对'毛泽东号'来说,具有里程碑的意义，承载着'毛泽东号'指导组新的光荣与梦想。'毛泽东号'指导组党支部，将会注入更多的新鲜血液，培养更多的理想信念坚定、技术素质过硬、群众评价满意的铁路人才，为安全运输生产和丰富'毛泽东号'优良传统提供强有力的政治保障。"

2011年6月19日，"毛泽东号"机车胜利实现连续安全走行900万公里，再创全路货运机车安全走行的最高纪录。

2009年开始，"毛泽东号"机车组先后迎来3件大事：

2009年8月，班组成立党支部，司机长赵巨孝任党支部书记；

2010年12月，机车第四次换型，更换为国内最先进的、单机功率最大的国产大功率和谐型电力机车；

2011年3月，"'毛泽东号'机车组"更名为"'毛泽东号'班组"，作业方式由包乘制改为轮乘制，乘务员由原来的9名增加至25名。

赵巨孝说，在推进铁路科学发展的新阶段，"毛泽东号"机车每安全走行1公里，每超轴运送1吨货物，每节约1度电，都有它不同寻常的意义。

无论是在班组中成立党支部，机车换型，还是乘务制度的改革，赵巨孝对组织上的决定都心领神会。他知道，这不但是上级党组织对"毛泽东号"机车的关心，也是对"毛泽东号"班组的期望和考验；让"毛泽东号"机车在铁路建设发展的新时期充分发挥典型引领作用，继续争当火车头中的火车头。

2010年底，"毛泽东号"机车换型为和谐型电力机车，丰台机务段也同时配属和谐型电力机车426台。特别是"毛泽东号"班组由包乘制改为轮乘制后，他们值乘使用的机车已不再固定，全段每一台同型配属机车，他们在值乘中都可能遇到。

为此，"毛泽东号"班组成员在班组长赵巨孝带领下，对全段每一台和谐型电力机车开展质量检查，对所有使用过机车的脾性特点和惯性故障进行记录，建立"动态质量信息库"，并及时与技术科和质量检查部门沟通，及时解决存在的问题。

2011年,"毛泽东号"机车正在进行检修。

  乘务员刘志伟在出乘中发现,此型号电力机车牵引电机通风道卡子容易松脱,若发生松脱现象,则会导致电机冷却效果变差,他及时向技术科汇报。经技术人员对全段机车展开质量普查,存在这一隐患的机车得到了统一的技术改进处理。

  由丰台机务段担当牵引任务的京九线北京—衡水—聊城区段,原来都使用内燃机车。京九铁路电气化工程开通后,内燃司机都改用电力机车,许多司机对"接触网"的概念不能吃透。"毛泽东号"班组乘务员、大学生张晨月利用自己掌握的接触网知识和电脑知识,制作出"接触网讲义"课件,在职教科的支持下,为这些京九线的机车乘务员授课3天,让每一名乘务员确保完全掌握接触网知识和现场情况后再上车。

  和谐型电力机车具备牵引力再生制动功能,但如果掌握不好,反而不利于行车安全。"毛泽东号"班组的老司机刘志伟勤琢磨细揣摩，很快掌握了操纵技巧，他还写出了操纵心得，贴在了班组党支部的阅读栏中，与大家分享。

经过几个月的摸索，"毛泽东号"班组把和谐型电力机车完全"驯服"，使用起来得心应手，他们还在此基础上总结出了31个字的《电力机车安全值乘作业程序》，作为指导班组成员安全行车的规范。

和谐3B型电力机车单机功率大，技术水平高，性能指标先进，"毛泽东号"班组成员在机车运用中统一了思想：要想完全驾驭这种新型机车，发挥出它的潜能，不能光靠"吃老本"，还要创造性地运用科技手段保障行车安全。

学习司机韩玉乐是2008年从兰州交大毕业的大学生，经历"毛泽东号"机车第四次换型后，韩玉乐发现，和谐型电力机车在全路投入使用仅一年半时间，相关的故障处理方法至今都未总结过。在班组长赵巨孝的支持下，韩玉乐对厂家提供的技术资料认真学习，仔细研究，对相关数据演算

HXD3B-1893号电力机车的"毛泽东号"机车奔驰在京九线上

分析，并结合行车实践，开始编写《和谐型电力机车故障处理方法》。

为了让故障处理方法直观、具体，韩玉乐利用休班时间，对可能发生的故障进行预想，在赵巨孝的帮助下，把机车调整到非正常工作状态进行试验、观摩，并用照相机拍照纪录故障前后的仪表显示状态、主要部件前后动作位置，写实不同故障状态的相关数据和信息，然后，把故障处理操作过程

"毛泽东号"机车驾驶室内印有"开领袖车 做领军人"字样。

全程拍照、摄像，置入到 PPT 课件中，让每一种故障的处理方法都可以直观演示出来。

韩玉乐编制的《和谐型电力机车故障处理方法》PPT 课件受到段职教科的充分重视。经进一步整理完善后，这个课件成为该段电力机车司机的故障处理指导书。

学习司机梁子相毕业于石家庄铁道学院，2010 年 5 月来到"毛泽东号"机车组后发现，师傅们每次出乘，都要带好几本书，包括《技规》《行规》及非正常行车等内容。对于他们这些新司机而言，需要带的书就更多了。

梁子相就琢磨上了，自己软件学得好，能不能把这些书都做成电子书，再做个搜索软件，把这些内容给司机们安装在手机中呢？业余时间，需要查询相关内容时，只需用手机搜索一下就成了。

说干就干，梁子相把《技规》《行规》中和机务行车有关的内容摘录下来，把不同季节不同状况的行车要求整合进去，同时还增加了"毛泽东号"

机车组28字作业法等内容，编辑成5万余字的电子书。并实现了相关内容的查询、阅读功能。有了这个"掌中宝"，大家出乘前再也不用背着那么多书了。

在"毛泽东号"班组，老一辈机车组成员传承下来的优良传统被视为最宝贵的财富，保留、传承、利用、发扬光大，被每一名班组成员视为自己的责任。

"责任心+责任制+基本功=安全正点"这一等式是"毛泽东号"机车组的基本经验，班组长、党支部书记赵巨孝以此为核心，组织党员骨干制定了标准作业环节的流程图，编写了A、B司机岗位指导，让党员骨干成为班组安全生产的带头人。

针对乘务方式改革后班组人员增多、新司机增加的实际情况，党支部分析每名职工的综合情况，在人员搭配上采取一老带一新、一强带一弱的配班方式，让每个机班都具备较强的综合实力。

"立足岗位、尽职尽责、无私奉献、勇于争先"的格言，依然被"毛泽东号"班组忠实践行。班组会定期邀请机车组的老前辈，给新职工讲述"毛泽东号"机车的光荣历史，教育大家脚踏实地，干好本职工作。

2011年5月份，党员司机贾春鹏值夜班，在丰台西站接车时，他认真检查机车状态，发现钢轨上有几滴油，经仔细排查，确认是车内辅助滤波继电器有个螺帽松了，冷却油滴漏到钢轨上。贾春鹏把螺帽拧紧，检查油液无异常后才放心开车。

2010年12月底，"毛泽东号"机车刚换型为电力机车，就赶上了临客值乘任务。"毛泽东号"班组成员都是货车司机，不擅长牵引客车，再加上机车刚换型，大家心里都没底。这时，班组长赵巨孝带头担当值乘任务，连续牵引3趟临客，还带领大家总结出"电力机车牵引客车的平稳操纵方法"，最终，班组圆满完成了50趟春运临客值乘任务。

2012年,党的十八大胜利召开,标志着中国迈入新时代。

历史属于奋斗者。新时代更是奋进的时代。两个百年交汇之际、中华民族伟大复兴进入关键阶段。当历史的接力棒传到了我们手里,我们一定不负重托,忠于党、忠于祖国、忠于人民,以自己的最大智慧、力量、心血,做出无愧于历史、无愧于时代、无愧于人民的业绩。

"毛泽东号"机车组在中国特色社会主义新时代的大幕中开启了新的航程。

第三章

新时代的"毛泽东号"

第一节

迈入新时代

传承，接过光荣的闸把

历史的车轮，滚滚向前。

2012年4月1日上午，在丰台机务段"毛泽东号"机车展室内，第十一任"毛泽东号"司机长、全国劳动模范赵巨孝，与第十二任"毛泽东号"司机长刘钰峰进行了郑重的交接仪式。

交接仪式上，赵巨孝将红绸捆扎的象征机车优秀传统和运输安全的机车制动机闸把郑重交到刘钰峰手中，嘱托他要以历任班组长为榜样，团结带领班组成员，秉承机车老传统，更好地展示新的作为。

交接的那一刻，刘钰峰面向车徽，庄严敬礼，目光坚毅……

2012年，"毛泽东号"第十一任司机长赵巨孝（右）把闸把交给十二任司机长刘钰峰。

丰台机务段党政领导在交接仪式后和新老班组长及机车组全体成员进行了座谈，激励机车组要在刘钰峰的带领下与时俱进，继承和发扬好班组的优良传统，深刻理解"责任心＋责任制＋基本功＝安全正点"的京铁岗位准则，永当安全生产的"排头兵"，不断充实完善、挖掘创新先进安全文化，使新时期"毛泽东号"信念和文化进一步发挥出典型引领的巨大作用，创造出更加辉煌的业绩。

每个少年心中，都激荡着崇尚英雄的梦想。刘钰峰家里，至今精心保存着中学时代阅读的"毛泽东号"读本，也是在那时，做一名火车司机的志向，在他内心萌动而生，只是万万想不到，短短数年之后，自己竟真的成为了这个光荣集体的一员。

1999年，从石家庄铁路司机学校毕业的刘钰峰被分配到北京铁路局丰台机务段，经层层考核进入"毛泽东号"机车组，从学员、学习副司机、副司机、司机，再到司机长，每一次进步都与"毛泽东号"机车组密不可分。

刘钰峰从小到大品学兼优，父母都是教育工作者。他在学校时学习掌握的内燃机理论可以说滚瓜烂熟，但面对机车上精密仪器和按钮开关还要"从零开始"。

头顶在校期间"全路新长征突击手"的光环，穿上崭新乘务服，尽管只是学员，但19岁的刘钰峰感到无比激动和自豪。司机长开门见山说出"三种人"的要求："要开'毛泽东号'车，先做'毛泽东号'人——政治上的合格人、安全行车的规矩人、运输生产的带头人。"

上车没几天，师傅让他领个配件，急匆匆跑去的刘钰峰，拿来的却"张冠李戴"，师傅的脸色有些凝重，甩下一句话："不懂，多问。"

刘钰峰脸上火辣辣的。

从此，他每天都提前上车，在一组组错综复杂的电路图里，蚂蚁啃骨头般潜心钻研，对照电器柜逐条线路查看，熟悉接线柱上的线号、继电器、接触器工作原理和控制电路电器间的连锁关系，看不懂的地方用笔记下来，向老师

2012年，"毛泽东号"第十二任司机长刘钰峰正在精心擦拭机车。

傅刨根问底请教明白。

"三种人"的要求，他铭刻在心。

年轻人的生活丰富多彩。下班后，打球、听歌、逛街……伙伴们的邀请纷至沓来。无论谁叫，刘钰峰都是好言答对："我有点儿累，你们先去吧。"

事实上，他是挤出时间抓紧学习，观察机车各部件运用状态和传动原理，把主电路、控制电路、制动系统原理图挂在宿舍墙上，吃着饭都在看图琢磨。

几个月时间，机车上的每一个部件、每一个电器符号都牢牢刻进了刘钰峰脑子里，达到张口就来、伸手就画的程度。

学习好钻研，做事爱较真儿，一旦认准了，就是九头牛也拉不回来。这是刘钰峰性格中鲜明的一面。以优异成绩考取副司机、司机后，他已到成家立业的年纪，但毫无"缓一闸，歇歇脚儿"的想法。特别是机车换型前后，连续几个月利用休息时间到轮乘电力机班助乘学习，带着书、电路图、故障库等资料，"扎进"40多摄氏度高温、蒸笼般的机车走廊和电器间，逐个熟悉设备，正反交叉捋清线路，请技术人员模拟设置故障，反复体会排除过程，率先掌握了新型机车技术。

"那段时间，难得他回来一次，却连看孩子时都手里拿着书，给闺女买的小黑板，多一半被他记满了设备技术要素，孩子念拼音，他也背要素，弄得孩子都记串了。"刘钰峰爱人宋爱华说。

"一离开机车，他就没着没落的，书桌玻璃板压着学习计划，枕头旁放着学习笔记，茶几上放了技术规章。有次孩子不舒服，夜里他不敢去别的屋，就在卧室角落里放个板凳，泡缸子浓茶，开着充电台灯，边守着孩子边学习地坐了一宿。"妻子"抱怨"道。

就这样，他对主要担当交路丰台西至聊城北的400余公里线路和连挂、解编的主要站场了如指掌，运行中，仔细确认机车设备状态，从复杂声音里找出"不和谐音符"。

"毛泽东号"司机梁子相讲了这样一件事：

"一次，钰峰师傅驾驶机车从衡水站开出不久，感觉到电器间有异音，连忙叫我检查，果然发现滤波柜故障。电器间与司机室隔着门，启机噪音又很大，钰峰师傅在这种情况下能分辨出细微异常，真'神了'！"

刘钰峰只是淡然一笑："学习和实践，没有捷径可走。"

他随身携带的日志本，上面密密麻麻标注着"蝇头"小字，那是他摸索出的设备重点部位"脾气秉性"和

"毛泽东号"第十二任司机长手比眼看，准确呼唤，保证安全。

注意事项。

刘钰峰说："这样的日志本，车组每位同志都有，集合在一起，就是一个丰富完备的机车安全质量'数据库'，总结的'HXD3B机车故障处理19招'，成为按图索骥快速判断处理故障的'宝典'，不仅对'毛泽东号'机车安全运行是保障，还通过电话指导和现场处理等方式，帮助其他车解决了不少问题。"

英雄机车传递的，不仅是荣誉，更是责任。必须在运输生产上一股劲，始终保持昂扬向上的工作热情和精神面貌，在确保安全上一条心，恪尽职守，忠诚履职。

刘钰峰谈道："安全，就是我们每名机车乘务员的身家性命，必须时刻牢记'责任心＋责任制＋基本功＝安全正点'。"

呼唤应答是机车安全运行的基本要素。刘钰峰当学员时，一有时间就模拟运行环境，对着镜子一遍遍练习口型和动作。考上司机后，每次出乘都早早来到派班室，将沿途有多少限速、哪些站的信号机离站台近、哪些站的进出站是曲线等重点内容记在手账、铭记于心，做到细之又细。"毛泽东号"第十一任司机长赵巨孝回忆起来，赞不绝口。

"确保安全，执行制度和标准化作业是关键。"这是刘钰峰的口头禅。无论自己操纵还是教授徒弟，他在落实标准上都一丝不苟，眼看、手比、口呼，从每一个口令、每一个动作上细抠，缺一个字、慢一步都不行。

每逢工务、电务、供电等外单位干部添乘，他还利用待避时间认真请教接触网、线桥、隧涵等设备技术状态对行车安全和舒适度的影响，增长应急处置的相关知识。

在刘钰峰宿舍，有一个整理箱，里面整齐码放着他工作以来的行车手账，详细记载了每趟值乘情况。出乘前，他根据牵引车次、运行区段、气候及列车编组情况，进行充分预想，制定针对性强的安全措施。值乘过程中，他遇到新的情况，也在手账中认真记录，退乘后拿到班组会上一起分析，总结经验。

有了丰厚的实践积累，刘钰峰进一步强化"毛泽东号"机车组20世纪

2013年,"毛泽东号"机车组成员集体学习新设备。

50年代形成的"好、快、狠、稳、准"操纵方法和20世纪90年代形成的"机车安全值乘作业法"的学习,不断细化创新,围绕《"毛泽东号"机车组28字一次出乘作业法》内容,结合当前电力机车值乘各环节,与班组成员共同总结出了《电力机车30字作业法》,增添了电车作业注意事项,更加强调设备控制保安全的操作重点。

如今,他们的这些作业法已经编写成册并制成教学光盘,推广到全段机车乘务员作业中,成为了程序化、规范化、标准化作业的准绳。

为了确保安全,刘钰峰无论驾驶机车多长时间,与副司机都做到说话不对脸,吃饭不同时,为的就是保证任何瞬间都有警惕的眼睛。

"科技再先进,也不能替代人脑的作用。"刘钰峰说。

对于机车上先进的列车运行监控记录装置,他也保持着充分警惕。如果遇到非正常天气等情况,装置发生故障或数据失真怎么办?他在行车时用纸板将监控装置屏幕的提示部分挡住,逐站记行车设备位置,逐信号机背坐标,硬是将交路内的线路像电影画面般刻在了脑子里,靠过硬的基本功操纵列车,保证全天候安全万无一失。

推行安全风险管理,他带领班组职工总结出了安全预想"十防",试验启动防工伤,转线挂车防挤轧,试风防止塞门关,盯住信号防突变,道口站内防伤亡,机车运行防走神,使闸之前防冲动,制动之后防过标,检查机车防临修,到达入库防松懈。确保人身安全提炼出了"四不四要",车不停稳不上下,

2014年，"毛泽东号"机车司机驾驶室内景。

联系不好不动车，人不齐全不开车，车下作业不缓解，启机试闸要呼唤，开关车门要防挤，带电作业要注意，复线会车要躲避。以朗朗上口的语言、喜闻乐见的形式、科学合理的释义，进一步规范了重点环节的一招一式。

"别人不干的，吃苦受累受委屈的事儿，我们必须干，要不讲利与名，迎着困难上，对得起'英雄机车'的名字！"这段话，工工整整记在刘钰峰的笔记本上。

对"毛泽东号"的传承和弘扬，刘钰峰体现在方方面面。

擦拭车头毛主席像，是他几乎每天都要做的事。刘钰峰说，每当那时，都会感到沉甸甸的责任和嘱托，解放战争期间，"毛泽东号"机车组独闯风雪"一面坡"；前顶平板车冒险探路；值乘一次，几天不定，火烤胸前暖，风吹背后寒，这一切，是何等的大无畏革命精神！

尽管主要担当货运任务，但他对仪容仪表的要求近乎苛刻。再忙再累，也要把制服洗得干干净净、熨得平平展展。"开货车的，免不了和油污打交道，差不多得了。"有人这样劝。"要老这么想，制服就永远干净不了了。机车卫生和仪容仪表体现的是精气神啊！"刘钰峰如此回答。

从出乘接车到退勤交班，他摸索出一整套标准动作，带领班组新成员学敬礼、踢正步、练站姿，并不因值乘货车而丝毫懈怠。他说，好习惯养成了，最终受益的是自己，不仅能提高执行标准的自觉性，更能在担当临客值乘任务时，将不亚于高铁司机的形象，展现在旅客面前。

值乘临客，刘钰峰"开车想着坐车人"，经常征求旅客对运行平稳的感受和建议。

和谐3B型机车启动电流较大，容易造成冲动。他从职教科借来专业书籍，与技术人员反复探讨，遇到高铁动车乘务员还虚心交流"取经"。

通过不断研究尝试，启动高铁列车时，将单阀制动100千帕，主手柄进一级，待列车全部缓解后，缓解单阀，速度达到2KM/H时逐渐加大机车牵引力，牵引力达到30千牛时，直接将主手柄放到需要的速度级位，不仅有效消除了平稳运行上的瑕疵，还在主手柄进退级、自阀调速、进站停车等环节，摸索出了不少操纵技巧。

令外人钦佩的，不仅是操纵，还有"毛泽东号"机车的外观和质量。

在刘钰峰和职工的精心呵护下，机车每个细微之处都打理得干干净净。玻璃明亮如镜，镶边色彩和谐，驾驶室整洁有序，金色的毛主席像更是耀眼夺目。换型之前，机车按规定走行里程入厂架修，检修人员见到机车十分诧异，已经投入运用好几年了，外观和新的没什么区别；解体后，更是怀疑是否送错了车，甭说"大毛病"，连"小伤"都少之又少，车况非常好。

这样的机车跑在路上，怎不令人敬仰。

一次运行到编组场，列检从后面一路看车过来，问驾驶室的刘钰峰："师傅，车是新的吧？真干净啊！"刘钰峰答："您过奖了，我们这车都该架修了。"列检啧啧称奇，待转到前面，看到金灿灿的毛主席像时，自言自语叹道："难怪啊！"

"机车解体摘风管，列检师傅先是摘下了手套，而后庄严敬礼，赤手作

"毛泽东号"机车飞驰在京九线上

业，嘴里念叨着，'别给弄脏了啊'。"

刘钰峰回忆当时情景："满天星光下，我既受感动，又深深觉得，自己要做的，永无止境。"

永无止境，体现在钰峰对事业、对机车倾注的爱，还有那份如山的责任与担当。

"我理解儿子。"刘钰峰父亲说，"作为党员，作为'毛泽东号'司机长，就应该这样。否则，组织上也不会把这么崇高的任务给他，把这么多的荣誉给他。"

全路新长征突击手、北京市青年岗位能手、首都劳动奖章、路局十大杰出青年、建功立业奖章……书柜顶上的一箱证书，见证了刘钰峰脚踏实地的深深印痕。

翻开相册，照片中的他几乎全是身着铁路制服，已经成为了持久不变的着装习惯。

对荣誉，刘钰峰用减法计算，认为都是集体的努力，自己只是做了该做的。对责任，他却一直用加法，对机车投入的时间更长、心血更多。

他说："荣誉，是一种实实在在的鞭策，我的本分是带领班组确保安全，完成各项任务，工作上要做的事情很多，没有资本和精力去炫耀。"

正如丰台机务段党政领导所言："刘钰峰成长进步于'毛泽东号'机车组这个光荣的集体，通过组织培养、前辈帮助和自身努力，秉承了艰苦奋斗的优良传统，敬业爱岗的主人翁精神，熟练过硬的业务技能，苦干实干的工作作风。他倍加珍惜荣誉，处处率先垂范，是'毛泽东号'机车组杰出的代表。我们一定要将'毛泽东号'积淀的文化和刘钰峰立足岗位、尽职尽责、无私奉献、勇于争先的精神进一步弘扬推广，以越来越多的'毛泽东号'式优秀职工，推动各项工作的发展劲头越来越足，安全，就在我们的掌控之中。"

奋斗，新时代开启新征程

2012年11月，党的十八大在北京胜利召开。新当选的中央委员会总书记习近平在十八届一中全会上指出，历史的接力棒传到了我们手里，我们一定不负重托，忠于党、忠于祖国、忠于人民，以自己的最大智慧、力量、心血，作出无愧于历史、无愧于时代、无愧于人民的业绩。

从此，围绕实现社会主义现代化和中华民族伟大复兴的总任务，"毛泽东号"机车组在中国特色社会主义新时代的大幕中开启了新的航程。

"奋斗"，是习近平总书记一直以来强调的核心命题，也是全党全国各族人民继续披荆斩棘、砥砺奋进的精神动力。同样，"奋斗"也是"毛泽东号"机车组几十年来永恒不变的主题，我们能够看到"奋斗"在一代代"毛泽东号"人手中接续传承。

2012年12月26日，在毛泽东主席诞辰119周年纪念日这天，北京铁路局在丰台机务段"毛泽东号"文化广场，举行了"毛泽东号"首台内燃机车(东风4型0002号)修复落成仪式。

东风 4 型 0002 号机车是内燃时代一台具有里程碑意义的机车。1977 年 1 月 21 日，"毛泽东号"第一次换型使用首台内燃机车，结束了"毛泽东号"使用蒸汽机车 30 年的历史，实现了第一次动力革命。从 1977 年 1 月投入使用到 1991 年 8 月，14 年时间里，实现了两个安全走行百万公里，为安全运输生产做出了突出贡献。

东风 4 型 0002 号机车见证了"毛泽东号"人的奋斗历程，也是记录着北京铁路局安全发展的一个缩影。经过整修一新的东风 4 型 0002 号机车矗立在丰台机务段"毛泽东号"文化广场，崭新闪亮的毛主席像和"毛泽东号"四个金色大字镶嵌在机车前部中央，蕴藏着中国铁路安全生产的精神密码。

新时代，物质条件比过去大大丰富，还要不要过去那种"锹锹数、两两算"的精神？"毛泽东号"又用行动作出回答。

2013 年 3 月，"毛泽东号"发出《厉行节约反对浪费倡议书》。向全局干部职工倡议：从自身做起，树立节俭意识；从细节做起，形成勤俭风气。自觉将"厉行勤俭节约，反对铺张浪费"的要求落实到衣食住行的各个环节，坚持一种健康的、积极的生活态度，倡行一种绿色低碳的生活方式。

"锹锹数、两两算，点滴节约汇大川"。这反映着"毛泽东号"自蒸汽机车时代形成的节约理念。

"毛泽东号"每一次更换新型机车，他们都会积极总结节约经验，在新车上推广。"毛泽东号"机车第三次换型后，针对内燃机车跑冒滴漏的惯性隐患，机车组乘务员积极开展小组质量攻关，有针对性地对机车进行改造，他们在柴油机上加装了回油管，不使一滴油流入废油箱。

同时，结合内燃机车操纵，总结提炼了"了解、控速、监听、盯住、停机"操作五程序：了解前后列车到开时刻与时间间隔；合理控制列车运行速度；监听列车无线调度通讯设备的对话；盯住前方信号，早回手柄，避免不必要的使闸；整备作业掌握好时间做到早停机、晚启机。这些经验在全段内燃机车上进行推广，使机车柴油使用量大幅下降。

2012年，"毛泽东号"机车组新人上车，获赠《毛泽东选集》。

使用新型HXD3B机车后，新一代的"毛泽东号"乘务员，继续发扬老前辈"精打细算、点滴汇川"的理念，以老带新，言传身教，将节约的传统像接力棒一样传承。他们利用电力机车牵引与再生功率显著增强的特点，结合线路纵断面，总结出了HXD3B机车节电操作办法，根据列车担当情况不使用定速装置，在运行中采用主机加速启车，利用下坡道尽快提升列车速度，达到需要的运行速度后，根据情况调整好手柄位置，维持列车匀速运行，途中运行调速再生制动为主，合理操纵列车空电配合使用，大幅度节省了用电量。

节约贵在细微，节约贵在坚持。一块煤、一滴油、一团棉丝、一度电，看似微不足道，但反映了"毛泽东号"厉行节约、反对浪费的优良作风和光荣传统，而且这种作风与传统已经演变成为"毛泽东号"机车组特有的一种文化，不管机车换型几次，不管人更替几代，"毛泽东号"机车组节约的光荣传统没有变。

2013年8月24日，北京铁路局党政工团做出决定，在全局开展学习"毛泽东号"力量，在全局机车乘务员、动车组司机中开展争当"毛泽东号"司机评选活动，并颁布了相关文件。

他们以"开领袖车、做领军人"的责任担当,在各种急难险重任务面前,勇挑重担,不辱使命,圆满完成了各项任务,发挥了旗帜引领作用。

什么样的人可以成为"毛泽东号"班组光荣的一员?

要想成为"毛泽东号"司机,首先要符合以下四个标准:一是思想品德好,二是技术业务好,三是任务完成好,四是安全成绩好。

要想成为"毛泽东号"司机,必须通过这样严苛的评选程序产生:各单位按照机车乘务员、动车组司机总数的5‰确定推荐人数,经单位党政联席会研究并公示后,填写《"毛泽东号"司机推荐表》,每年10月1日前将推荐表报路局"毛泽东号"司机评选办公室。路局评选活动办公室审核各单位推荐人选,经局党政联席会审议确定最终人选。路局对评选出的"毛泽东号"司机给予命名表彰,颁发统一编号的荣誉证书和奖章,直接当选局级先进生产者,享受局级先进生产者的相关待遇。路局"毛泽东号"司机每年命名一次,已经命名的不重复参评。

"毛泽东号"司机的荣誉还会被收回?

命名表彰后,凡是依据《北京铁路局职工奖惩实施办法》受到行政处分的,违法违纪构成犯罪的,取消其荣誉称号,并收回荣誉证书和奖章。

加强组织领导,让先进典型树起来。北京局集团公司成立设立"毛泽东号"

2014年,"毛泽东号"机车第五次换型为HXD3D-1893号电力机车。

司机评选办公室。各单位也要成立相应的组织机构加强组织领导,广泛宣传"毛泽东号"优良传统和"毛泽东号"司机的先进事迹。

"毛泽东号"司机以"开领袖车、做领军人"的责任担当,在各种急难险重任务面前,勇挑重担,不辱使命,圆满完成了各项任务,发挥了旗帜引领作用。

第二节

奋进再扬帆

牵引旅客列车

2014年7月1日13时38分,历史随着"毛泽东号"牵引的北京西至安庆 K1071 次旅客列车正点驶出北京西站而改写,具有68年光荣历史的"毛泽东号"机车开启了牵引图定旅客列车的新征程。

自7月1日起,"毛泽东号"机车担当京九线 K1071/1072 次旅客列车北京西至阜阳间牵引任务,运输里程全长855公里,跨越北京、济南、郑州、上海四个铁路局。

2014年7月1日,"毛泽东号"牵引着 K1071 次列车,从北京西站发车开往安庆。

牵引图定旅客列车、单次走行里程跨四个局，这对于"毛泽东号"来说是一个全新的开始，也正是传播、弘扬"报效祖国、忠于职守、艰苦奋斗、永当先锋"的"毛泽东号"信念的生动实践。

自 1946 年 10 月 30 日命名至今 68 年来，"毛泽东号"机车一直担当货物列车运输任务。

2014 年 6 月 20 日，"毛泽东号"机车组成员来到大连机车厂参加交车仪式。HXD3B-1893 型机车更换了新制造的"毛泽东号"主席像。

由于"毛泽东号"机车的特殊含义，该车的车体外部件与其他机车也大不相同。机车两端分别安装了重达 390 千克的镀金毛主席正面像，及 4 个车号灯牌、2 个局段配属牌。此外，机车配置了车载安全防护系统，机车在运行时将对行车路况、司机室状况、电器间等能够实时监控，可对突发事件及时反应处理，提高机车防范安全事件的能力，确保机车运行安全、稳定、可靠。

在此之前，"毛泽东号"机车担当京九线北京西至聊城间的货车牵引任务，在近年春运繁忙时也曾牵引过临客。从 7 月 1 日起，"毛泽东号"机车正式投入到为旅客服务中去，将"报效祖国、忠于职守、艰苦奋斗、永当先锋"的"毛泽东号"优良传统发扬光大。

担当"毛泽东号"首发旅客列车牵引任务的是"毛泽东号"第十二任司机长刘钰峰、司机康海永。

谈到这次"毛泽东号"机车牵引任务的变化，刘钰峰说，牵引货物列车，"毛泽东号"有一套完善的平稳操纵办法，并能做到降低货物折损率，保证安全。而牵引旅客列车，在平稳操纵上要求更严格，要让旅客直接感受到安全出行、方便出行、温馨出行。

"为旅客提供安全正点优质服务，对平稳操纵列车标准更高，我们一定不会辜负'毛泽东号'这四个大字。'毛泽东号'光荣传统，我们不仅要继承，更要努力发扬光大，让更多的旅客感受到'毛泽东号'的优质服务。"刘钰峰信心饱满。

当天 9 时 15 分，刘钰峰、康海永 2 人在丰台机务段调度中心出勤，两人抄完达示命令，又坐下来细细碰了一遍运行中需注意的事项、可能遇到的问题，并做了相关预案。

9 时 45 分，刘钰峰、康海永来到机车整备场，"毛泽东号"机车已整备一新，阳光下，蓝色的车身、红色的车徽熠熠生辉。2 人车上、车下又检查了一遍，并做各种电气实验。

10 时 20 分，机车转线，驶出丰台机务段，驶向北京西站。宽阔的北京西

2014 年 7 月 1 日，"毛泽东号"牵引 K1071 次旅客列车运行在京九线上。

站一站台上，LED显示屏不断显示着"北京西—安庆"的旅客列车信息和"报效祖国、忠于职守、艰苦奋斗、永当先锋"的"毛泽东号"优良传统。

12时45分，刘钰峰驾驶"毛泽东号"机车，缓缓驶向K1071次列车车体，清脆的"哐当"一声，机车车钩与车体紧紧连接了起来。

随车添乘的丰台机务段副段长刘臣谊满意地点了点头，他说："牵引旅客列车，最重要的是平稳操纵，而这一毫无冲撞感的挂车作业，充分显示了'毛泽东号'司机高超的操纵水平。"

担当旅客列车乘务工作的是上海局合肥客运段，车队长赵大宏高兴地说："以后就是'毛泽东号'牵引我们这趟车了，真是做梦都没想到啊，可得跟这全路的一面旗帜好好学习学习，我们在为旅客服务中，也要发扬'毛泽东号'光荣传统。"

13时，旅客开始进站上车。他们在候车时，就拿到了"毛泽东号"牵引旅客列车首发的一本小宣传册，得知将要乘坐的这趟列车，是"毛泽东号"机车牵引的，很多旅客进到站台后直接跑到机车前合影留念。

13时38分，一声汽笛长鸣，"毛泽东号"驶出北京西站，在纵贯祖国南北的京九大动脉上，再一次开始书写它崭新的历程！

K1071次列车长许立新说，这趟车是安庆开往北京的唯一一趟列车，旅客多以务工人员为主，常年超员。"没想到，'毛泽东号'拉的第一趟图定旅客列车，就是条件这么艰苦的列车，真让我们佩服！"许立新说着挑起了大拇指。

面对新形势、新变化，"毛泽东号"班组把"责任心＋责任制＋基本功＝安全正点"的好经验，运用到确保旅客安全、方便、温馨出行的服务中，让旅客在乘坐由"毛泽东号"机车牵引的客车时，感到更平稳、更安心、更舒适。

开进主席家乡

2014年12月26日7时20分，迎着初升太阳，身披金色霞光，"毛泽东号"机车首次牵引北京至长沙T1次列车停靠在长沙站。

这一天是开国领袖毛泽东诞辰121周年纪念日，也是"毛泽东号"第五次换型后第一次从北京来到毛主席家乡。

68年来，"毛泽东号"机车5次更换车型，从最初的蒸汽机车到内燃机车，再到和谐3D型大功率电力机车，这次更换为国内最高等级的客运电力机车，最高时速160公里，功率7200千瓦。这次是第五次更换车型，更换为HXD3D-1893型电力机车。

2014年12月25日15时25分，"毛泽东号"机车从北京站1站台发车后，新时代的"毛泽东号"

2014年12月26日早上7点20分,第五次换型后的"毛泽东号"机车首次牵引北京至长沙T1次旅客列车安全抵达长沙站。

跨黄河、越长江、穿高山,行程1593公里,全程共历时15小时41分。

担当"毛泽东号"T1次旅客列车牵引任务的"毛泽东号"司机长刘钰峰和司机王振强、贾雪磊、王国栋、崔艳超轮流上岗,驾驶机车安全平稳地通过了长达7公里的鸡公山隧道,经受6‰坡度的连续下坡道考验,顺利通过398米小半径曲线等复杂线路,把安全舒适的感受送给旅客。

这是一次难忘的红色之旅、幸福之旅。当"毛泽东号"牵引着T1次列车一路南下时,在遥远的塞外古城河北宣化,还有一位老人有未了的"毛泽东号"情缘,他就是今年88岁高龄的周振清老先生。

"我1949年2月在北京参加工作,而'毛泽东号'从东北随解放军入关是1949年3月,我和这台机车在北京相会只差了1个月。"88岁高龄的周振清说,"那年我16岁,在北京前门老火车站的铁路公安段警卫班负责保卫专列、包列车安全的工作。在每次执行任务中,只要一看到'毛泽东号'机车来了,我就

153

"毛泽东号"司机长手比眼看，认真驾驶机车。

万分激动，立刻感到重任在肩，无上光荣。特别是当我看到机车上'毛泽东号'那四个金色大字时，就好像又看到了伟大领袖毛主席。从1949年9月7日到1951年6月30日期间，我曾经幸福地3次见到了毛主席！后来还有机会两次为'毛泽东号'机车画宣传画，但一直没有机会坐过它牵引的旅客列车，我真想跟着'毛泽东号'去长沙，到毛主席的家乡看一看，再画一画新时期为旅客服务的'毛泽东号'机车！"

周老回忆起，1964年和1976年，北京铁路局先后两次举办"毛泽东号"机车组先进事迹展览。由于他从小爱画画，路局两次发出抽调全局美工人员名单的电报上，都有周老的名字。他曾两次被抽调去北京，两度在"毛泽东号"机车身边从事美术创作工作，有机会看到了"毛泽东号"早期的几位老司机长李永、郭树德、岳尚武、蔡连兴、郭映福等老英雄。后来，他被调到《北京铁道报》工作，1971年，周老创作的《祖国处处有亲人》年画在《人民日报》上刊登，引起了很大的反响。

车轮飞，汽笛叫，"毛泽东号"向着毛主席家乡跑。驾驶室内，司机长全神贯注地操纵着机车，保证列车安全运行；平稳的车厢内，旅客们已经进入了甜甜的梦乡……

2015年2月13日，春运进入高峰期。

14时16分，长沙至北京的T2次列车在"毛泽东号"机车牵引下，正点平稳地停靠在北京站10站台。

机车前端金色的毛泽东头像，在太阳光的照耀下散发出夺目的光芒。

这是"毛泽东号"机车组2014年12月25日换型改线以来经历的第一个春运。

司机王振强打开机车门，边下梯边顺手用毛巾将手把杆擦拭干净，手把杆亮得如同镜子一般。

司机贾学磊将一个白铁皮桶和一大塑料桶水从驾驶室递下，王振强倒了一桶水，绕过站台，下到机车端部，在桶里涮了涮毛巾，仔细擦拭机车。

"毛泽东号"机车一路飞驰

刘钰峰告诉记者，由于北京站站台只能从一端进出，要等车体拉走后，机车才能回段，正好利用这段时间擦拭一下机车，这是多年养成的习惯。

在机车另一端，司机贾学磊正弯着腰擦机车排障器。刘钰峰用手轻轻摸了一下主席像，没有一点灰尘。

"刘司机长，你好！"正在技检车辆的T2次车辆乘务长见到刘钰峰，主动过来打招呼。"毛泽东号"机车牵引T2次不到一个月时间，刘钰峰已经和车辆乘务员很熟识。

"'毛泽东号'机车组不愧是先进班组，我跑了20多年车，没见到过车开得这么好的。"乘务长快言快语，"接近车站，每次都是他们主动呼叫，用语非常清晰标准。他们车机联控好、车开得好、普通话讲得好！全国的火车司机都要向他们学，咱们的安全就有保障了！"

"年三十我们上行回来，是你的班吗？列车长是谁？"刘钰峰问。

"是我的班，车长是王丽。"乘务长说。

"我给她打个电话，到时候我们准备点饺子，给你们送去。"刘钰峰掏出手机与车长联系。

电话那头说，年三十要在餐车举办联欢会，邀请刘钰峰参加。刘钰峰表示感谢说："王车，你们在餐车上搞联欢，我负责在机车上拉着你们安全平稳到北京！"

15时10分，车站给出发车信号。

"司机号2106250，副司机号2106274，区段号1，车站号1。"王振强熟练输入监控数据，边输入，边口述输入内容，一旁的司机贾学磊同时也用手指确认，口中重复王振强输入内容，三人共同确认，保证输入正确无误。

机车缓缓启动驶离北京站，向丰台机务段方向驶去。

驾驶室前窗玻璃上方，8个银色大字：开领袖车，做领军人。驾驶室的门上"报效祖国，忠于职守，艰苦奋斗，永当先锋"的字眼也格外醒目。

跑长沙，对于"毛泽东号"机车来说具有里程碑的意义，也是"毛泽东号"机车组成员多年的愿望。刘钰峰介绍，从北京到长沙 1593 公里，纵跨北京、河北、河南、湖北、湖南"一市四省"。"为了开着'领袖车'跑好这趟线路，尤其是备战第一次春运，我们做了充分准备。"刘钰峰说。

刘钰峰带着几个同事先摸了几遍线路，哪些地段是坡度，哪些线路是小曲线，驾驶中需要注意什么，都请教带道司机做了认真记录。他们结合担当阜阳客车牵引的经验，总结提炼出了《"毛泽东号"担当旅客列车五字平稳操纵法》：稳、缓、明、精、准。

"例如稳，就是慢缓单阀手柄低，全列启动稳进级；保持电流过岔区，天气不良撒砂宜。例如精，就是列车调速单阀缓，牵引辅助不可简；早摆少摆使闸精，缓解速度底数清。只要严格按照这几个字的要求去操纵，就能保证客车牵引的平稳。"刘钰峰说。

为了检验操纵平稳性，刘钰峰到列车尾部车厢亲自感受，向车辆乘务员、列车员、旅客发放《征求意见表》，对安全行车、标准化作业等方面征求意见。

刘钰峰说："我们把《作业指导书》《故障处理方法》《技规》《运规》《操

2015 年，"毛泽东号"机车组成立刘钰峰创新工作室。

规》等各种学习资料做成了 PDF 文件，可以随时进行查询，方便司机携带使用。我们正在研发导航功能，和机车运行同步。"

"机车换型改线，要面对很多新的东西，特别是春运以来，我们对新增规定和要求，对'毛泽东号'机车组的《出乘办法》和《机车检查实验程序》广泛征求机组成员意见，进行改进完善，现在已经修订了 6 次，等春运结束后就能定稿。"刘钰峰说，"毛泽东号"机车组多年来养成了上标准岗、干标准活的习惯，从出乘到退勤，每个步骤干什么、怎么干都有严格标准要求，只有这样，安全才能有保证。

"其实不管是不是春运，不管机车行驶在北京还是在郑州、长沙，对于我们来说没有多大区别，都会严格按照标准作业。"刘钰峰说。

"网压降，网压正常，前方限速 70，主断红灯灭，控制电压 110……"王振强身体直挺坐在驾驶座上，距离靠背有半尺间隙，左手控制闸把，右手控制牵引手柄，口中不停叙述，贾学磊重复，机车平稳行驶，铁路两侧林立的高楼大厦一闪而过。

刘钰峰说，司机驾驶始终要保持这个姿势，呼唤应答一趟值乘需要一万多次，身体很累但也要坚持标准。

16 时 13 分，机车到达南信号站。

王振强、贾学磊关闭好各种开关和门窗，拔下机车总控钥匙，要换到另一端驾驶机车。机车缓慢进入丰台机务段。

16 时 40 分，机车在整备线停稳。刘钰峰说，虽然段里运用、整备、检修各车间实行了"三专"管理，安排了专门的擦洗整修人员，但是机车组人员还要协助他们将机车仔细擦拭一遍后才退勤。

经过精心保养，第二天，"毛泽东号"机车又将驰骋在千里铁道线上。

突破 1000 万公里

2015 年 10 月 29 日 14 时 16 分，由"毛泽东号"号机车牵引的长沙至北京的 T2 次列车稳稳停靠在北京站第一站台。

"毛泽东号"第十二任司机长刘钰峰向在场的段领导报告："'毛泽东号'机车胜利实现安全走行 1000 万公里！"

早已在站台迎接的丰台机务段领导热情迎上前去，为每一名机车组成员佩戴了印有"开领袖车，做领军人" 8 个金灿灿大字的绶带。

当天，中国铁路总公司、北京铁路局在北京站为"毛泽东号"机车安全走行 1000 万公里举行了简朴而热烈的表彰会。

领导首先宣读了中国铁路总公司、中华全国铁路总工会的嘉奖电报。

北京铁路局领导向"毛泽东号"机车组颁发了路局党政工团祝贺"毛泽东号"机车安全走行 1000 公里的锦旗，并宣读了路局、路局工会关于给予"毛泽东号"机车组集体记功的决定。

局领导衷心希望，"毛泽东号"机车组以 1000 万公里为新起点，进一步弘扬报效祖国、服务人民的坚定信念，争当铁路现代化建设的实践者；进一步弘

2015 年 10 月 29 日，"毛泽东号"机车安全走行突破 1000 万公里，工作人员在北京西站参加发车仪式。

2015年10月29日,"毛泽东号"机车安全走行突破1000万公里。

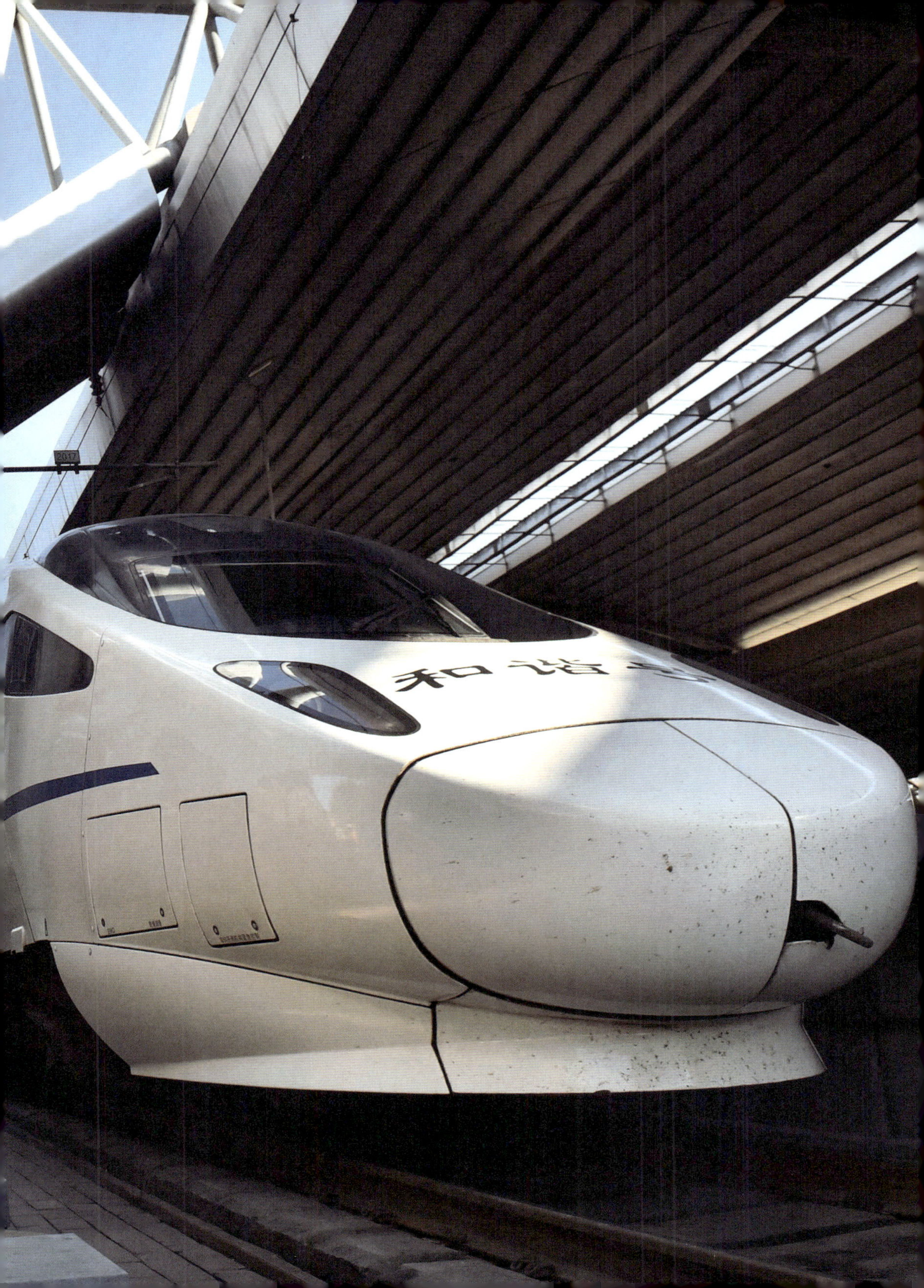

扬忠于职守、责任至上的优秀品质，争当新时期产业工人的排头兵；进一步弘扬艰苦奋斗、苦干实干的优良作风，争当新形势下艰苦创业的领军人；进一步弘扬与时俱进、永当先锋的进取精神，争当新常态下改革发展的先锋队，为全面建成小康社会做出新的更大贡献。

此外，决定还指出，无论是在战争年代奋勇支前、建设时期多拉快跑、改革开放永当先锋，还是在新时期铁路创新发展的征程中，"毛泽东号"始终满怀报效祖国、服务人民的崇高使命和政治责任，主动担当"开领袖车，做领军人"的神圣职责，始终践行"报效祖国、忠于职守、艰苦奋斗、永当先锋"的"毛泽东号"光荣传统。自2014年7月1日开始担当客运任务，特别是2014年12月25日担当北京至长沙T1/2次列车以来，"毛泽东号"机车组始终恪守"安全、正点、平稳、舒适"的服务理念，至2015年10月29日取得了安全行车1000万公里的骄人业绩，再创全路机车安全走行的最高纪录。依据《北京铁路局记功办法》规定，经路局党政联席会议审议，决定给予"毛泽东号"机车组集体记功一次，并给予奖励。

此时此刻，"毛泽东号"机车组是新中国成立以来全路组建时间最长、涌现劳模最多、安全成绩最好、完成任务量最大的先进机车组——先后培养出4名全国人大代表、6名全国劳动模范、7名全国五一劳动奖章获得者、6名北京市劳动模范，"毛泽东号"集体曾124次荣获全国、全路和北京市多类荣誉称号。

还记得在2013年的春运中，机车组中秦利军和康海永同志担当着客运交路。农历二十八这一天，他们值乘L299次旅客列车，中午出乘，晚上准时安全到达聊城站，二人乘车回到聊北公寓休息。入公寓联系后得知暂没有上行客车交路，可以便乘回京，上行临客任务可由下一班次来的乘务员继续等待。

二人考虑如果便乘回京，不仅能在家赶上除夕，还能在家过大年初一。他们已经有十几年没在家过节了，真想回家和父母、妻子、孩子在一起吃顿团圆饭。可转念一想，如果选择回家，那么下一个班次的乘务员就不能回家团聚，同是乘务员，谁不想回家和家里人团聚共同欢度这一年里最美好的时刻。因此，他们毅然决定放弃回家过年的机会，把机会让给下一班次的乘务员，继续在这里等待上行的临客列车。

二人回到待乘的房间，分别掏出了手机给家里打了个电话："妈，我除夕不回去了，儿子是党员，又是'毛泽东号'的乘务员，为了工作，请你们理解和支持，祝家里人新春愉快、身体健康、万事如意，我想你们，等我回家后，再陪你们吃饺子，看春晚。"

一直以来，"毛泽东号"号始终践行"人民铁路为人民"的优良传统，被誉为"机车领袖""火车头中的火车头"。"毛泽东号"机车组"报效祖国、忠于职守、艰苦奋斗、永当先锋"的光荣传统，成为全局干部职工的精神动力。

刘钰峰代表全体机车组成员表态，一定要以机车安全走行1000万公里为新的起点，始终秉承"开领袖车，做领军人"的责任担当，严格坚守"责任心＋责任制＋基本功＝安全正点"为核心的安全工作规律，自觉践行"报效祖国、忠于职守、艰苦奋斗、永当先锋"的"毛泽东号"光荣传统，不辱使命，戒骄戒躁，奋勇前行，勇于争先，大步迈向安全新征程，再创安全新纪录，做全路安全生产的排头兵，做铁路创新发展的领军人。

第三节

最美奋斗者

旗帜,"毛泽东号"迎来 70 岁生日

2016 年 7 月 1 日,习近平总书记在庆祝中国共产党成立 95 周年大会上发表重要讲话,回顾总结了中国近现代史和中国共产党 95 年奋斗历程、宝贵经验,深刻阐述了中国特色社会主义道路、理论体系、制度建设的重要内涵,为实现中华民族伟大复兴提供了基本遵循、指明正确方向。

"毛泽东号"第十二任司机长刘钰峰作为全国铁路系统优秀共产党员代表,参加了庆祝中国共产党成立 95 周年表彰大会,并受到了党和国家领导人的亲切接见。

"中国梦是人民的梦。我们要进一步增强做合格共产党员的思想自觉,全身心投入到今后建设中国特色社会主义事业中去,带领人民创造幸福生活。"全国优秀共产党员刘钰峰说。

同年 10 月 30 日,"毛泽东号"迎来了 70 岁的生日。

10 月 28 日,纪念"毛泽东号"机车命名 70 周年座谈会在丰台机务段"毛泽东号"机车展室召开。"毛泽东号"老司机长、现任司机长,"毛泽东号"乘务员家属、班组成员代表在内的 30 余人参加座谈会。

大家一起回顾"毛泽东号"波澜壮阔的 70 年历史征程,感受"领袖机车"气势恢宏的磅礴力量,参观"毛泽东号"机车展室和文化广场,观看纪念"毛泽东号"机车命名 70 周年纪录片,共同庆祝"毛泽东号"机车诞生 70 周年,感慨万千。

81岁的"毛泽东号"第七任司机长陈福汉也来参加70周年座谈会,满怀激情地叮嘱年轻人:"'毛泽东号'宝贵的经验和厚重的文化是一代代'毛泽东号'人薪火相传的结果,它凝结着一代代'毛泽东号'人的心血、汗水和智慧,希望你们继续传承和发扬'毛泽东号'光荣传统,为铁路创新发展做出新的更大贡献。"

就在铁路5月15日调图后,"毛泽东号"机车开始担当北京西至长沙的Z1/2次旅客列车牵引任务。首发车为HXD3D-1893型电力机车,全列编组18辆,最高运行时速160公里。

"毛泽东号"机车改为值乘Z1/2次旅客列车后,一次往返3000余公里,长时间、高速度、大距离,设备损耗大,整备工作显得尤为重要。

"毛泽东号"机车专整组是丰台机务段整备车间的一个特殊班组,成立于2014年12月底,是随着"毛泽东号"机车第五次换型、担当客车牵引任务应运而生的。

丰收的季节,"毛泽东号"载着沉甸甸的收获一路飞奔。

整备车间，专门为机车做整备保养的地方，机车出乘归来后的检查、检测、试验和保洁工作都在这里完成，号称机车的"4S"店。

班组15名职工都是来自车间各岗位上的精英，分成两个班次，平时各干各的工作，每次"毛泽东号"机车出乘回来，他们再集中到一起做"毛泽东号"的整备工作。班组有一个响亮的口号，"用'毛泽东号'光荣传统整备'毛泽东号'机车！"

豪情，复兴路上扬风帆

2017年6月25日，由中国铁路总公司牵头组织研制、具有完全自主知识产权、达到世界先进水平的中国标准动车组被命名为"复兴号"。

在中国标准动车组命名仪式上，全国优秀共产党员、"毛泽东号"机车组第十二任司机长刘钰峰带领机车乘务员代表集体宣誓。

复兴号中国标准动车组由中国铁路总公司牵头组织研制，具有完全自主知识产权，达到世界先进水平。它的成功开行，标志着我国铁路成套技术装备特别是高速动车组已经走在世界先进行列。

6月26日11时05分，两列复兴号中国标准动车组率先在京沪高铁正式

2017年6月25日，"毛泽东号"司机长参加中国标准动车组复兴号命名仪式。

双向首发。

从农业文明到工业文明，从"马背上的中国"到"高铁上的中国"，从"解放"型蒸汽机车到复兴号中国标准动车组，与风竞速的中国铁路，已然成为中华民族生生不息、奔向复兴的缩影。

"复兴号首发标志着铁路人向着新的历史航程前进。作为机车乘务员，我们要牢记'人民铁路为人民'的宗旨，为实现中华民族伟大复兴中国梦贡献一份力量。"劳模代表刘钰峰身着白色笔挺制服，在复兴号首发列车上感慨万分。

2017年10月18日至24日，中国共产党第十九次全国代表大会在北京隆重召开。习近平同志代表第十八届中央委员会向大会作了题为《决胜全面建成小康社会，夺取新时代中国特色社会主义伟大胜利》的报告。大会的主题是：不忘初心，牢记使命，高举中国特色社会主义伟大旗帜，决胜全面建成小康社会，夺取新时代中国特色社会主义伟大胜利，为实现中华民族伟大复兴的中国梦不懈奋斗。

作为党的十九大代表，丰台机务段"毛泽东号"第十二任司机长刘钰峰光荣与会。作为北京局选出的唯一一名党代表，现场聆听、感受以习近平同志为核心的党中央引领全国各族人民迈向新征程的磅礴声音，刘钰峰深感光荣与自豪。这既是一份荣誉，更是一份责任。

学生时代的刘钰峰就积极向党组织靠拢，19岁就成为一名共产党员。1999年9月，以优异成绩从石家庄铁路司机学校毕业的刘钰峰被分配到北京铁路局丰台机务段，后经层层考核选拔进入"毛泽东号"机车组。从那一刻起，他立下人生信条：开领袖车、做领军人。

刘钰峰仍记得为熟练掌握机车构造和运用原理晚上学理论、白天练实作，很快就把各种类型机车上千条电路、上万个部件熟记于心，成长为"规章一口清，技能一手精"的技术尖子。同事都称他"问不倒"。

2012年4月，刘钰峰成为"毛泽东号"机车组第十二任司机长。从上任那天起，他就下定决心"不辱使命，再创佳绩"，让"毛泽东号"这面旗帜高高飘扬在安全运输主战场上。

刘钰峰在接任司机长的同时，也挑起了班组党支部书记的重担。他立志建设一个具有凝聚力和战斗力的坚强堡垒，坚持用"毛泽东号"信念育人铸魂。以刘钰峰为榜样，"报效祖国、忠于职守、艰苦奋斗、永当先锋"的"毛泽东号"光荣传统已渗入班组每名司机的血液。

整个"毛泽东号"班组20人，18名正式党员，还有两名即将入党的积极分子。作为班组党支部书记，刘钰峰为大家制定了形式多样的党建学习内容，将业务学习和党建学习融会贯通。他们的党支部还开展全体党员义务奉献主题活动，主旨就是结合节日期间安全生产任务，做到平稳操作，安全争先。

在刘钰峰的带领下，班组党支部成员不断发展壮大。刘钰峰也不断尝试着用新方法丰富党建学习。"1893正能量""火车向着韶山跑"是班组的两个微信工作群。

作为党的十九大代表，刘钰峰说，自己代表铁路系统全体职工"责任重大、使命光荣"，要到会上多学习、多交流，并且要向大家汇报一下铁路五年来取得的成绩。

回忆起当时参加党的十九大时的情形，刘钰峰激动地说："大会开幕会结束后，我打开手机，看到同事、朋友们发来许多信息，祝贺党的十九大胜利召开。同时我也得知，我所在的丰台机务段所有休息的党员干部职工都观看了开幕盛况。不管是我们'毛泽东号'机车组，还是铁路各级党组织，都在认真学习十九大报告。"

"毛泽东号"从解放战争一路走来，始终确保了运输安全。作为"毛泽东号"第十二任司机长，他要把这一安全传统保持和继承下去。

"要确保安全长治久安，就要贯彻落实习近平总书记在党的十九大报告中的指示要求，牢固树立安全发展理念，弘扬生命至上、安全第一的思想，健全

2017年,"毛泽东号"机车组成员开展技术攻关,探讨业务知识。

公共安全体系,完善安全生产责任制,坚决遏制重特大安全事故,提升防灾减灾救灾能力。"刘钰峰说,"作为一名党员,我要充分发挥先锋模范作用,立足岗位,严守规章纪律,保证每趟车安全正点到达目的地,使旅客获得感、幸福感、安全感更加充实、更有保障、更可持续。"

党的十九大之后各种宣讲会、报告会接踵而至,刘钰峰每天的日程安排得满满当当。

10月26日下午,当刘钰峰刚刚走进丰台机务段丰台运用车间时,等候他的班组成员们把他团团围住,热烈的欢呼声和鼓掌声响彻整个楼道,一直伴随着刘钰峰走进"毛泽东号"学习室内。

"司机长回来了!司机长,快给我们讲讲您参加十九大的情况。"

"司机长,我们在收看十九大开幕式时看到您了,大家当时都感到非常自豪,非常骄傲。"

刘钰峰向机车组职工讲道,"毛泽东号"机车组一定要率先深入学习贯彻习近平新时代中国特色社会主义思想,牢记总书记的殷切嘱托、不辱时代赋予的历史使命,继续传承、弘扬、践行"报效祖国、忠于职守、艰苦奋斗、永当

2017年,"毛泽东号"机车组参观"砥砺奋进的五年"大型成就展。

先锋"的"毛泽东号"光荣传统,争做学习宣传贯彻党的十九大精神标杆,立足本职、埋头苦干,用安全正点的优异成绩服务旅客、服务人民,为实现中华民族伟大复兴中国梦当先行添光彩。

刚刚入党的"毛泽东号"机车组青年职工徐立志听完宣讲后说:"作为机车组的新党员,我通过学习党的十九大精神更加坚定了信心、鼓足了干劲,开安全车、放心车、平稳车,更好地服务旅客。"

10月27日下午,丰台机务段党委专门组织召开"宣传贯彻党的十九大精神,努力践行'毛泽东号'光荣传统"专题中心组学习会。刘钰峰在会上介绍了参会切身感受和党的十九大精神,并围绕党的十九大重大历史意义、报告主题和人民代表肩负的责任以及如何带领学习贯彻精神谈了自身体会。

会上，该段党委向全段党员干部职工提出要求，要以党的十九大精神为引领，把学习贯彻党的十九大精神作为当前和今后一个时期的首要政治任务，迅速在全段掀起宣传贯彻的热潮，为实现建设首善之局、铁路强国奋斗目标凝聚力量，砥砺前行。

10月30日，是"毛泽东号"命名71周年纪念日。丰台机务段组织开展了弘扬"毛泽东号"光荣传统，不忘初心、牢记使命，"毛泽东号"先进集体、先进个人表彰大会，对2个"毛泽东号"先进集体、31个"毛泽东号"先进班组、129个"毛泽东号"先进个人进行了表彰。会上，刘钰峰作了《深入学习党的十九大会议精神，不忘初心，牢记使命，为建设社会主义现代化强国不懈奋斗》专题宣讲。

宣讲会后，受表彰的先进职工纷纷表示，刘钰峰作为党代表参加党的十九大，让他们既骄傲又倍受鼓舞，大家一定要弘扬"毛泽东号"光荣传统，用实际行动贯彻党的十九大精神，为安全运输多做贡献。

10月31日，刘钰峰受邀到北京高铁工务段进行宣讲。他满怀激情地说："学习贯彻党的十九大精神，我们领袖机车组一定做学习宣传贯彻党的十九大精神的带头人。"

宣讲后该段党员职工很受鼓舞，纷纷表示，要迅速把思想统一到学习贯彻党的十九大精神上来，并以此为动力，全面推进高铁综合维修生产生活一体化、京沪标准示范线建设和冲刺安全年等各项重点任务落实。

2019年1月12日，中央宣传部、中国铁路总公司在北京向全社会公开发布2018年"最美铁路人"先进事迹，中国铁路北京局集团有限公司丰台机务段"毛泽东号"机车组第十二任司机长刘钰峰获得"最美铁路人"的称号。

"最美铁路人"以实际行动诠释了人民铁路为人民的宗旨，践行了交通强国、铁路先行的历史使命，展示了铁路人的先行风采、服务本色、担当品格、奋斗精神。刘钰峰带领机车组人员传承"毛泽东号"信念，在新时代奋勇前进的故事诠释了铁路人不忘初心、牢记使命、自强不息、锐意进取、打造国之重器的华章。

2月21日，中华全国铁路总工会第十四届执行委员会第七次全体会议在京召开，"毛泽东号"机车组第十二任司机长刘钰峰当选中华全国铁路总工会副主席（兼职）。

"毛泽东号"机车永远奔驰在时代的前列。一个榜样就是一面旗帜，"毛泽东号"机车组就是一面旗帜。这个优秀的集体培养出了无数先进典型和全国劳动模范。

学习榜样，就是要学习他们在新时代新征程中砥砺奋进、传承创新、不懈追求的先行风采；学习他们爱岗敬业、情系群众、胸怀大爱的服务本色；学习他们扎根一线、执着坚守、甘于奉献的担当品格；学习他们艰苦奋斗、精益求精、争创一流的奋斗精神。

变迁，"毛泽东号"机车展室迁新址

2018年11月1日，"毛泽东号"机车展室揭幕仪式在中国铁路北京局集团有限公司丰台机务段举行，这标志着其搬迁落成。2021年，"毛泽东号"机车展室又被评为"全国爱国主义教育基地"。

搬迁落成后的"毛泽东号"机车展室建筑面积1200平方米，较原展室增加了600平方米，展示内容以时间为轴，分为"奋勇支前 屡建奇功""艰苦创业 永不停轮""多拉快跑 安全正点""不忘初心 砥砺奋进""旗帜飘扬 永不褪色"和"红色基因 薪火相传"6个部分，展出实物50余件，手稿20余篇，照片百余张，雕塑、沙盘、车模共计12件。

"毛泽东号"机车展室始建于1996年，原址位于北京市丰台区长庚胡同18号，多年来，作为"全路爱国主义教育基地"和"总公司党员教育示范基地"，累计接待10万余人次参观学习。此次展室随丰台机务段搬迁至丰台区丰西北里75号院内，并对外开放。

进入序厅，首先映入眼帘的是原中央美术学院院长靳尚谊于1996年画的

"毛主席为'毛泽东号'第三任司机长郭树德在《毛泽东选集》上签字"的一幅油画。这幅油画讲述的是，1951年，作为"劳模"代表，"毛泽东号"机车第三任司机长郭树德以特邀代表身份被邀请列席全国政协一届三次会议，并受到毛泽东的接见。郭树德随身携带刚刚出版的《毛泽东选集》，并在席间请毛主席签名。

这幅油画堪称是展室"镇馆之宝"，画面栩栩如生，人物动作神情极其传神。画面上，郭树德受邀参加晚宴，心情非常激动，拿出随身携带的《毛泽东选集》请毛主席签名。油画定格了这个瞬间，一代伟人与普通铁路工人亲切交谈，并欣然签名，国家领袖对铁路工人的殷殷之情跃然画幅，成为"毛泽东号"人永远的骄傲。

"毛泽东号"第二任司机长李永的第一次考验手稿、"毛泽东号"的司机胡春东获得的两枚抗美援朝的奖章、济南铁路管理局赠送给"毛泽东号"的锦旗等，是此次新增的展品。

在"毛泽东号"蒸汽机车的正面浮雕前，这浮雕与背景中的炮火硝烟结合，生动刻画了"毛泽东号"冒着枪林弹雨抢运军需物资的英姿。参观者仿佛看到

坐落在丰台机务段的全国爱国主义教育基地——"毛泽东号"机车展室

了硝烟弥漫之中，铿锵前行的机车前端的毛主席像更加耀眼。

浮雕旁展柜内，一张1949年3月27日的《火车头报》，刊登了新闻《支援关内铁路毛泽东号机车光荣进关》，记录的正是1949年北平解放，"毛泽东号"奉命随解放军南下入关的消息。"毛泽东号"人用实际行动践行了"解放军打到哪里，铁路修到哪里，'毛泽东号'就开到哪里，包车负责制就带到哪里"的豪迈誓言。

沿台阶拾级而上，一个闪着金光的车徽映入眼帘。这是我国著名女雕塑家陈淑光老师设计制作。在"毛泽东号"车徽的制作中，她负责车徽脸部石膏像的雕塑。这枚车徽中的毛主席正面浮雕像是当时毛主席雕像中仅有的正面浮雕

北京局集团公司"毛泽东号"机车陈列馆内景

像，十分珍贵。1991年，时任铁道部部长李森茂同志为"毛泽东号"亲自选定了1893车号，从此"1893"成为"毛泽东号"机车的专用车号。"1893"是毛主席诞辰年份，这充分表达了铁路职工对毛主席的崇敬与爱戴之情。

"毛泽东号"机车展室搬迁落成和完善升级，旨在充分挖掘提炼"毛泽东号"光荣传统和先进经验，弘扬和传承优秀传统文化，进一步增强广大干部职工的文化自信，勇于担当交通强国、铁路先行的历史使命，更好地举旗帜、聚民心、育新人、兴文化、展形象。

"毛泽东号"机车展室"镇馆之宝"

"毛泽东号"机车展室车徽

接续，以青春风貌开创新一流

  党的十八大以来，以习近平同志为核心的党中央站在党和国家事业发展薪火相传、后继有人的战略高度，关心青年成长进步，为新时代党的青年工作指明前进方向，感召和激励广大青年接过历史的接力棒，为决胜全面建成小康社会、夺取新时代中国特色社会主义伟大胜利、实现中华民族伟大复兴的中国梦不懈奋斗。

  北京局集团公司也非常注重"毛泽东号"机车组年轻人的选拔培养，在司机长、司机的选拔过程中锻炼年轻人，让他们在基层经历复杂环境的锻炼，在艰苦的工作环境中得到历练，培养他们应急处突的能力。

  人生的黄金时期在青年。如果把人生比作自然的四季，青春就是最明媚的盛夏时节。"毛泽东号"机车组这一代青年人，该如何书写青春？

  "开领袖车，做领军人"，每一任司机长在卸任时，都会用这句话来激励年轻人。2018年12月26日，"毛泽东号"机车组第十三任司机长王振强接过了"毛泽东号"机车组第十二任司机长刘钰峰手中的闸把，也从他肩上接过了继续扛好"毛泽东号"机车这面旗帜的重任。

面对新的征程,"毛泽东号"必将以青春风貌、开创一流,创造无愧于时代的新业绩。"如何接好这一棒,带领班组跑下去,把'毛泽东号'机车传统发扬光大?"这是王振强为自己提出的课题。

在"毛泽东号"机车前,王振强抬头凝视着毛主席像,心情久久不能平静。他脑海中不断闪现,在"毛泽东号"机车组11年,跟赵巨孝、刘钰峰两任司机长学徒的情景。他忘不了,赵巨孝左手紧握闸把,右手紧握装满开水的水杯并举在胸前,水杯开着盖儿,只要一犯困,水杯一晃,开水就会洒在腿上,赵巨孝以这种方式时刻提醒自己集中精力;他忘不了,跟着刘钰峰徒步京九线,沿途全部的纵断面、坡道、曲线、公里标等数据,全部做到了然于胸……

"毛泽东号"司机驾驶机车开启旅程

永远的"毛泽东号"

"毛泽东号"第十三任司机长王振强认真擦拭车徽

2007年，21岁的王振强来到"毛泽东号"机车组。11年来，王振强耳边萦绕最多的是"毛泽东号"人艰苦奋斗、无私奉献的英勇事迹，心中烙印最深的是"毛泽东号"人责任至上、永当先锋的奋斗姿态。在机车组，他跟随刘钰峰司机长的时间最长，在他身上，王振强深深感受到了"毛泽东号"一脉相承的奋斗基因。2014年，"毛泽东号"机车迎来货改客的一次"大考"，那段时间，他吃住在办公室，放弃了大部分休息时间，沿途熟悉站场设备，徒步测量每个停车站的对标位置，十几天的时间，把线路情况彻底摸透，让大家走起车来心里更踏实。

"毛泽东号"担当北京西至长沙间Z1/2次旅客列车牵引任务，单程运行1593公里，驰骋在大半条京广线，地质复杂、气候无常，有时一趟车下来能感受到三季的变化，尤其是担当客车任务，容不得丝毫马虎。"毛泽东号"人始终把"永开安全车"当作天职。"责任心+责任制+基本功=安全正点"的恒等式，凝结着前辈的心血，是73年安全行车一事不出的制胜法宝。

在机车组有"六不"的要求，"手不离闸把，眼不离前方，背不靠座椅，说话不对脸，吃饭不同时，沏茶不谦让"，这些在外人看起来有点"过分"的要求，已成为每一名成员的值乘标准。值乘一趟车下来，大家要手比信号上千次，呼唤应答上万句，尽管非常累，但对标准没有丝毫降低。

每一次机车检查考试，大家都会十分紧张，机车组制定了每月一考制度。每次考试点做到机车全覆盖，要求在10分钟内检查出所有故障假设，超时或没能准确排除故障将取消上线值乘的资格，继续开展强化训练，直到考核通过为止。像这样苛刻的培训方式，对于大家来说习以为常，这不仅锻炼了业务，更培养了大家遇到故障时的心理素质。每位司机都练就了过硬的基本功，操纵机车的安全正点率和平稳度大大提升，多次防止安全隐患。

2018年6月的一个夜里，机车组李博、高子飞正驾驶"毛泽东号"机车以每小时158公里的速度开往长沙，夜幕下的司机室，只能看到线路远方星星点点的灯光，一切都显得那么平静。突然，操纵司机高子飞瞪大了眼睛，机车微机提示温度超出112摄氏度，牵引电流瞬间消失。"不好，列车失去动力了！"李博当机立断，快步走进机械间检查温度，短短2分钟就准确判断是车下主变压器第三传感器故障，必须停车处理。为避免列车停在区间影响后续列车通行，操纵司机高子飞在只有一次减压机会的情况下，将列车完整停靠在站内，停车后迅速排除故障，第一时间恢复正常行车。在机车组，类似这种情况还有很多很多。面对安全隐患，每一名"毛泽东号"人都有信心和能力，在危及行车安全的最后一道关卡上做出正确处置。

接任司机长后，王振强一直在考虑"别人学我们，我们怎么办？""既要当生产骨干，也要当兼职教师"，是"毛泽东号"机车组对自己的新要求。针对行车中的非正常处置，"毛泽东号"机车组制作了21项教学演示视频，为广大乘务员学技练功提供教学资源。

"毛泽东号"机车组每名成员都主动利用休班时间来到展室为参观者讲解"毛泽东号"车史。一年来，他们接待参观112场，累计2000余人。一位退休职工感叹，"毛泽东号"人讲"毛泽东号"车史，有温度，接地气！

从2013年至2021年底，"毛泽东号"创新工作室取得科技成果68项，其中 4 项申请为国家专利。

成绩不是终点,而是新征程、新奋斗的新起点。"毛泽东号"有这样一句话:"越困难越鼓劲,越顺利越谨慎,越忙乱越沉着,越有成绩越虚心,越有荣誉越敢闯!"全体机车组继续传承"毛泽东号"光荣传统,全力跑好新时代!

2019年3月27日,是"毛泽东号"机车进京 70 周年纪念日。

中国铁路北京局集团有限公司丰台机务段"毛泽东号"机车组举办了纪念"毛泽东号"进京 70 周年主题活动,组织机车组成员到中国铁道博物馆东郊馆擦拭"毛泽东号"蒸汽机车、参观机车展室、开展"忆初心 话使命 当先锋"主题座谈会。

在中国铁道博物馆东郊馆,"毛泽东号"第十三任司机长王振强和机车组成员怀着崇敬的心情,悉心擦拭着"ㄇㄎ1-304"号蒸汽机车的车徽。每一次与车徽的触摸,都是一次精神上的洗礼,激励着新一代"毛泽东号"人不忘初心、砥砺奋进。

"毛泽东号"机车组成员准备出乘

新时代的"毛泽东号"

绽放，最美奋斗者属于"毛泽东号"

以习近平同志为核心的党中央高度重视"最美奋斗者"评选表彰和学习宣传活动。习近平总书记专门作出重要指示，褒扬一代又一代奋斗者顽强拼搏、不懈奋斗，用智慧和汗水、甚至鲜血和生命，为国家富强、民族振兴、人民幸福书写了可歌可泣的壮丽篇章，强调要广泛宣传"最美奋斗者"的先进事迹，传承弘扬爱国奋斗精神，奏响新中国奋斗交响曲，高唱新时代奋斗者之歌，用

2019年，"毛泽东号"荣获全国"最美奋斗者"集体荣誉称号，机车组在车前合影留念

英雄模范的感人故事激励全党全国各族人民坚守爱国情怀、坚定奋斗意志，凝聚强大精神力量。

新时代是奋斗者的时代。在新中国成立70周年之际，中央宣传部等组织开展"最美奋斗者"学习宣传活动，评选表彰新中国成立以来涌现的英雄模范。2019年9月25日，"毛泽东号"机车组被授予全国"最美奋斗者"集体称号，这是全国22个"最美奋斗者"先进集体中唯一的铁路集体。

9月25日10时，首都北京，天朗气清。"最美奋斗者"表彰大会在人民大会堂举行，"毛泽东号"机车组第十二任司机长刘钰峰作为"最美奋斗者"代表上台发言。

"我们'毛泽东号'机车组将牢记交通强国、铁路先行历史使命，在实现中华民族伟大复兴中国梦的历史征程上，接力奋斗，永远奋斗！"刘钰峰的话语铿锵有力，会场内响起了热烈的掌声。

刘钰峰深情回顾了"毛泽东号"机车在解放战争中历经战火硝烟的洗礼，奋勇支前，屡建奇功；在革命胜利后，为建设新中国，"毛泽东号"机车永不停轮；改革开放以来，"毛泽东号"始终坚守"人民铁路为人民"的初心，多拉快跑，安全正点……

表彰会结束，代表们纷纷合影留念，纪录这一难忘时刻。

这是几代"毛泽东号"人的无尚荣光，激励一代又一代铁路人接续奋斗、一往无前。在我国社会主义革命、建设、改革的非凡历程中，"毛泽东号"

"最美奋斗者"荣誉称号证书

人顽强拼搏、不懈奋斗，用智慧和汗水、甚至鲜血和生命，为国家富强、民族振兴、人民幸福书写了可歌可泣的壮丽篇章。"毛泽东号"人传承弘扬爱国奋斗精神，奏响新中国奋斗交响曲，高唱新时代奋斗者之歌，为实现中华民族伟大复兴的中国梦贡献强大力量。

接续奋斗，驰而不息，"毛泽东号"机车组做到了。

"最美奋斗者"表彰大会结束后，随机车入关、今年90岁高龄的老司机朱殿吉激动而又幸福地给刘钰峰打去电话，颤抖地说："钰峰，我在电视上看到你了，这是咱们机车组和我们铁路人的荣耀啊！"

2019年8月6日8点16分，"毛泽东号"机车牵引Z2次旅客列车平稳停靠在北京西站一站台。这一刻，"毛泽东号"机车完成了安全走行1100万公里，相当于绕地球275圈，再度创造了中国铁路机车安全走行最高纪录，以实际行动为庆祝中华人民共和国成立70周年献上了一份最好的礼物。

成绩的背后，是"毛泽东号"人驰而不息的奋斗。为适应时代的发展要求，早在2011年，"毛泽东号"机车组就成立了创新工作室，积极开展课题攻关、技术改造，形成了《牵引客车平稳操纵方法》等52项创新成果。

近年来，"毛泽东号"创新工作室围绕"强基达标，提质增效"这个主题，把"改进旅客乘车体验、降低运行能耗"作为切入点，针对往返3000余公里带来的"长时间、高速度、远距离、设备损耗大"特点，经过7次修改操纵办法，提炼出《五字节能操纵办法》，可使机车单趟节电1600余度，节支1200余元，每年节电38.4万度。这一成果申请了国家专利，"毛泽东号"人以实际行动践行了绿色发展的理念。

看似简单的数字，却蕴含着几代"毛泽东号"人的心血和付出。为了保证安全万无一失，他们练就了一身"硬功夫"、形成了一套完整的行车规范，在长期的运输生产实践中，创造了"责任心＋责任制＋基本功＝安全正点"的基本经验，红色基因代代相传，名副其实成为全路运输安全生产的"火车头"。

壮阔 70 载，奋进新时代。

2019 年 10 月 1 日，北京，天安门广场，庆祝中华人民共和国成立 70 周年大会在这里隆重举行。光荣和梦想在这里交汇，这是祖国的盛典，这是亿万华夏儿女所期盼的盛世中华。

在观礼台上，刘钰峰现场聆听了习近平总书记的重要讲话，参加庆祝中

2019 年 10 月 1 日，"毛泽东号"机车担当的 Z1 次旅客列车安全正点到达长沙站。长沙机务段干部、职工举办欢迎仪式，共同庆祝国庆节。

永远的"毛泽东号"

2019年8月6日,"毛泽东号"机车牵引Z2次旅客列车平稳停靠在北京西站1站台,"毛泽东号"机车完成了安全走行1100万公里。

华人民共和国成立70周年大会,观看盛大的阅兵仪式和群众游行,为伟大祖国感到自豪。

当天,刘钰峰身穿铁路制服,佩戴闪闪发光的奖章,坐在天安门广场的东观礼台上,心潮澎湃。"当国旗升起的那一刻,我心中的自豪感油然而生。我从心底为国家点赞、为中华民族点赞、为新时代点赞!"刘钰峰说。

7万羽和平鸽展翅高飞,7万只气球腾空而起,《歌唱祖国》的歌声激昂澎湃,置身欢乐的海洋中,刘钰峰的眼圈湿润了,心中激动万分。

新时代是奋斗者的时代。"毛泽东号"机车诞生于1946年,73年来,见证了新中国成立、建设和改革发展,先后跨越蒸汽机车、内燃机车、电力机车3个时代,有13任司机长、179名机车乘务员在这个英雄的集体中拼搏奉献。现在,"毛泽东号"机车已连续安全走行1100万公里,被誉为"火车头中的火车头"。

"毛泽东号"机车组将牢记交通强国、铁路先行的历史使命,在实现中华民族伟大复兴中国梦的历史征程中接力奋斗!

战疫，越是艰险越向前

在抗击新冠疫情斗争中，"毛泽东号"人始终坚守岗位，战"疫"路上，冲锋在前。

2020年农历大年三十，党支部立即召开党员大会，全体党员在党旗下郑重宣誓并自发写下承诺书、按下红手印。一枚枚鲜红的手印，凝结成机车组成员为国为民的大爱情怀和点点滴滴的无私奉献。

为确保疫情下铁路运输安全畅通，机车组成员自春节就实行自我隔离，详细制定了12项防护措施并严格执行，圆满完成北京驰援湖北医疗人员及防疫物资的运输任务，安全行车92394公里，共计经停武昌站84次，趟趟安全、列列正点。不论时代怎样变迁、车型怎样更替、工作条件如何变化，"毛泽东号"几十年如一日，"哪里需要哪里上"，以"开安全车没有终点站"的精神奋发进取，以"自我革命"的精神创新发展，始终奔驰在祖国和人民最需要的地方。

2020年，在新冠疫情期间，"毛泽东号"机车组冲锋在前，驰援武汉

2020年"毛泽东号"机车组党员战"疫"承诺书。

2020年1月28日18时，随着一声风笛长鸣，"毛泽东号"机车牵引着Z1次列车从首都北京开往湖南长沙。这是"毛泽东号"成员最熟悉也是最普通的程序。这趟列车要穿越湖北，经停武昌站，同时也要穿越全国一市四省。在新冠疫情的关键时刻，"毛泽东号"机车组全体成员感到肩上的责任特别重大。

"85后"小伙子王振强是"毛泽东号"机车组第十三任司机长。司机室内，他坐得笔直，戴着口罩手比眼看口呼唤，动作刚劲有力，目光坚毅有神。在出乘前，他说："在祖国和人民最需要的时候，'毛泽东号'从来没有缺席，我们一定会用高度责任心、严明责任制、过硬基本功，确保每一趟都安全正点，为打赢疫情防控阻击战贡献力量。"

"毛泽东号"诞生于炮火纷飞的战争年代。解放战争时期，"毛泽东号"冒着敌机的轮番轰炸和枪林弹雨，勇打头阵，为辽沈战役前线的人民子弟兵运送弹药给养；新中国建设初期，"毛泽东号"带头倡议开展劳动竞赛，为社会主义建设多拉快跑；在祖国需要的关键时刻，"毛泽东号"更是义无反顾地挺身而出。在唐山大地震、京九铁路开通、非典疫情时期以及"5·12"四川汶川特大地震等时期，始终有"毛泽东号"机车呼啸奔驰的身影。

面对这次突如其来的疫情，1月24日，"毛泽东号"机车组党支部召开党员大会，作为班组党支部书记的王振强带领全体党员站在机车前，面对党旗郑重宣誓、写下承诺书——用"责任心＋责任制＋基本功＝安全正点"的岗位准则，开好每一趟车。

疫情就是命令，防控就是责任。这段时间，王振强大多数时间不是在办公室就是在机车上。他每天对机车进行开窗、擦拭、消毒等。这一套程序下来他的双手已经酸痛，汗水也浸透了工服。

每次担当Z1/2次列车，"毛泽东号"机车都要在武昌站停开。王振强将其作为重点防控，制定停车、开车确认办法，安全有效地落实疫情防控措施，确保了运输生产安全。机车组成员高子飞说："我们党员一定不松劲，为抗击疫情出一份力。"

面对疫情，"毛泽东号"一如既往地冲锋在前，机车组15名成员立下誓言："永葆火车头本色，疫情面前绝不退缩，越是艰险越向前。"以往，列车每次

2020年，"毛泽东号"机车组出发前消毒。

在武昌站都会停留 6 分钟，自 1 月 23 日武汉关闭离汉通道，列车虽在此停车，但不办理旅客上下车业务。

然而，也会有例外。2 月 6 日，"毛泽东号"机车组迎来一批特殊的旅客——来自北京大学国际医院的第三批驰援湖北医疗队，一行 20 人，将奔赴鄂州一线进行防疫支援。

那天，正赶上司机长王振强值乘。当驾驶着列车从熟悉的黄鹤楼下穿行而过，看到昔日彻夜通明的黄鹤楼已灯火全熄，周围一片寂静漆黑时，王振强感到眼睛酸酸的，肩上担子沉沉的。

这次值乘，列车提前几分钟就抵达了武昌站。这对于向来安全正点的"毛泽东号"机车组而言，实为罕见。"这是一场和时间赛跑的战役，医疗队随身携带了应急医疗设备物资，得给他们下车留出足够的时间。"王振强说。

"以前虽然每次都会经过，但这次不同。就像'毛泽东号'前辈们冲锋在前线，运送军用物资一样，抵达武昌站那一刻，感觉自己真的就是一名战士！"同组一起值乘的宣杰、贾雪磊难掩激动的心情。

车上运送物资，车下防护隔离，班中坚守盯控，在机组人员看来，哪里最需要，哪里形势最严峻，哪里就是"战场"。

在丰台机务段丰台运用车间"毛泽东号"班组办公区内，一块长 1.6 米、宽 0.9 米的白色轻质隔板，将机组 160 平方米的办公空间与同楼层的其他办公区域分隔开来，隔板上"非常时期 请勿进入" 8 个大字赫然醒目。

"别小瞧这一块儿临时隔断，它可是我们阻击疫情传播的'防火墙'。"王振强说，为了避免同其他部门、人员间的交叉感染，他们主动实行封闭隔离，并从内部挖潜人力、物力，主动承担起后勤保障服务等多项工作，大大减少了部门间的交叉作业，努力将病毒传播风险降至最低。

"新病毒，易传染，乘务员，防控严；出家门，戴口罩，进单位，先测温……"由车组职工总结出的"机车乘务员疫情防控 11 步口诀"在班组中迅速流传，132 个字，3 字成句，朗朗上口，通俗易懂，成为大家的"防疫宝典"。

"呜——"随着一声风笛响，刚回段的"毛泽东号"机车稳稳停在段内整备线上。司机室内，断开主断开关、打好铁鞋、降下受电弓、拔出电钥匙……一整套娴熟规范操作后，机车乘务员崔艳超和李博开始对司机室全面消毒。大到操作台、车窗、车顶，小到车门把手、脱扣开关、阀门……每一件设备、每一处边边角角都喷洒上药液，保证消杀不留死角。

机车消毒，人员消毒，出乘、换班、退勤……一趟任务下来，消毒液、酒精轮番上阵，李博的手掌掉了几层皮。

疫情防控紧抓不放，安全行车同样一刻不松。为确保疫情期间行车安全有序，机车组强化机车走行部安全检查，成立抗疫期间技术攻关小组，重点分析在此期间行车作业安全风险，研究制定解决措施。与相关部门建立联控机制，定期汇报沟通，确保安全、防疫"两不误"。

此外，为应对疫情期间的突发情况，他们还专门组建行车应急预备队，以备完成临时值乘任务，机车组15名成员全部报名，主动放弃休班坚守在单位。

越是关键时刻，越要义无反顾冲锋在前。疫情期间，他们中有人亲人生病住院，甚至过世，但他们并没有因此耽误工作。相反，却有人主动申请调整班次，担当郑州至长沙区段（途经武昌）的牵引任务，奔赴抗疫第一线……

"不能成为前线抗疫的白衣战士，那就握紧手中的闸把，驰骋在支援前线的最前沿！"如同几代"毛泽东号"人一样，这份火热的基因，正在为新一代"毛泽东号"人奋勇抗疫提供力量源泉。

华章，庆祝党的百年华诞

2021年4月8日，党史学习教育中央宣讲团成员、中央党史和文献研究院原院务委员张宏志来到中国国家铁路集团有限公司，以电视电话会议的形式，为全路3万多名党员、干部代表作题为《战略视角中的中共百年奋斗历程》专题宣讲报告。

主题宣讲结束后，张宏志一行来到"全路爱国主义教育基地"——中国铁路北京局集团有限公司丰台机务段"毛泽东号"机车展室参观。"毛泽东号"机车组第十二任司机长刘钰峰、第十三任司机长王振强详细介绍了"毛泽东号"在不同历史时期的光辉奋斗历程。看着一件件珍贵文物和一张张历史图片，张宏志表示，"毛泽东号"光荣传统是铁路的宝贵财富，要传承好这一红色基因，继往开来、接续奋斗。从"毛泽东号"联系到中国高铁这张亮丽名片，张宏志给予充分肯定："现在人民群众对高铁的信任度很高。铁路广大党员、干部要在学党史中回望初心、勇担使命，真正做到为人民群众办实事。"

得知中央宣讲团到来，"毛泽东号"机车组成员早早来到"毛泽东号"机车广场等候，期待和张宏志交流思想感悟。对于大家的困惑和疑问，张宏志也一一耐心解答。

"作为一线班组党支部，如何更好地弘扬'毛泽东号'光荣传统？"首先发问的是王振强。张宏志答道："'毛泽东号'光荣传统充分反映了中国工人阶级的先进性和优秀品质。要深刻理解其产生和发展的时代背景，要把握好它的思想核心。"张宏志认为，核心是爱国、要义是先锋，工人阶级要在民族复兴伟业中始终发扬光荣传统、发挥火车头作用。

"怎样提高对错误党史观的辨别力？"丰台运用车间党总支书记褚亚东接着发问。

张宏志解答道："我们必须坚持历史唯物主义观点，不能用西方价值观念判断中国革命历史，要从中国人民几十年来命运发生的巨大改变来理解中国社会主义建设取得的历史性成就。不能用西方资本主义制度的成熟之处来比照中国社会主义建设探索和发展过程，要看事物本质、看未来发展。不能把我们在社会主义道路探索中付出的代价归咎于制度本身，要分清党史中的支流和主流，要尊重前人付出的辛苦。"

"通过党史学习教育，如何更好地汲取智慧、凝聚力量？"针对丰台机务段党委副书记梁子相提出的问题，张宏志给出答案："要通过学党史，弘扬我

2021年7月1日，"毛泽东号"机车组乘务员在天安门广场合影留念，庆祝党的百年华诞。

们党的科学精神、探索精神、奋斗精神、牺牲精神、担当精神、务实精神，要通过党史学习教育达到明理、增信、崇德、力行的作用。"

张宏志的解答精准到位，现场氛围热烈，面对面、接地气的互动交流，让基层党员干部职工对如何学好党史、如何从学习中汲取奋进力量有了更深入、更透彻的了解。最后，张宏志讲道："我们党之所以永葆活力，就是始终把握了天时地利人和，始终站在人民的一边，始终站在历史正确的一边。凡是符合客观规律的，都是符合人民群众长远利益的。"他十分认同中国铁路的发展成就，指出铁路具有光荣传统，铁路广大党员、干部职工要继承好、发扬好，牢固树立"以人民为中心"的发展思想，更好地在建设交通强国中当好先行。

2021年6月19日，在庆祝中国共产党成立100周年之际，中央宣传部新命名111个全国爱国主义教育示范基地，"毛泽东号"机车展室成功入选。

命名工作紧密结合党史学习教育、"四史"宣传教育，突出百年党史重要事件、重要地点、重要人物，突出新中国特别是新时代的大国重器和建设成就。此次命名后，全国爱国主义教育示范基地总数达到585个，"毛泽东号"机车展示室成为其中之一。

永远的"毛泽东号"

2021年7月1日，注定是个重大而庄严的日子。

百年征程波澜壮阔，百年初心历久弥坚。7月1日上午，庆祝中国共产党成立100周年大会在北京天安门广场隆重举行，各界代表7万余人以盛大仪式欢庆中国共产党百年华诞。刘钰峰和王振强作为代表有幸到现场观看盛况。

紧贴伟大祖国的心房，铁路人致敬党百年奋斗的光辉历程，斗志昂扬奋进新征程！

"毛泽东号"与复兴号同驰

人群中，一抹"铁路蓝"格外引人注目。历史的滚滚车轮驶过一个世纪，我们无比怀念老一辈革命家。

诞生于战火纷飞年代的"毛泽东号"机车，一路走来体现着工人阶级跟党走的坚定意志，见证了中国铁路由弱变强的发展历程。刘钰峰观礼后激动地说："党把这把闸交给我们，我们就要让党放心！我们已经经历了13任司机长，无论何时，我们'毛泽东号'人都会开好伟人车，传承弘扬好'毛泽东号'光荣传统！"

天安门广场上，万人齐诵。"青藏铁路连接团结进步的桥梁"，深情的礼赞久久回荡在广场上空。

王振强激动地说："今天，我在现场认真聆听了习近平总书记的重要讲话，看到听到了铁路这些关键词频频出现，作为'毛泽东号'机车组司机长，我一定带领机车组党员苦练技术、创新本领，当好奋勇前行的火车头。"

中国出了毛泽东；

中国铁路出了"毛泽东号"。

作为我国唯一以国家领袖命名的机车组，"毛泽东号"遵循伟大领袖毛主席的谆谆教导，以"开领袖车，做领军人"的精神，勇做开路先锋。

党的恩情、领袖的关怀，在"毛泽东号"人心中涌动，这种最朴实的情感，通过《毛泽东选集》，在一代又一代"毛泽东号"人的血液中传承。

"毛泽东号"机车组的同志们永远不会忘怀，毛主席曾经多次接见机车组代表，并给予他们的莫大鼓励。"毛泽东号"机车组成员曾数次登上天安门城楼，作为国庆观礼团成员与党和国家领导人共同观礼；"毛泽东号"的老司机曾作为毛泽东主席的客人夜宿中南海；不同时期的党和国家领导人，都曾亲切接见"毛泽东号"机车组的司机长。

第四章

毛泽东与"毛泽东号"

第一节

难忘的第一次握手

1950年9月25日至10月2日,由中央人民政府政务院召开的全国战斗英雄代表会议和全国工农兵劳动模范代表会议,在北京同一会场同时举行。

全国战斗英雄代表会议代表360人,全国工农兵劳动模范代表会议代表462人,列席全国战斗英雄代表会议的国民党军起义部队代表64人,出席了会议。

"毛泽东号"第二任司机长、铁路系统第一位全国劳动模范李永参加了全国工农兵劳动模范代表会议。

为了赶赴盛会,自1950年9月中旬开始,各地区英模们纷纷踏上了开往北京的列车。

9月22日下午4点,中南、西北、西南三大行政区和平原,山西等省的英模代表到达丰台。差不多就在同时,在天津会合后的东北、华东、天津代表们的列车也到了。全中国的工农兵劳动模范和战斗英雄,在丰台胜利地会师了。

这是空前的欢庆大会!欢迎的人群拥挤在丰台的第二号站台上,敲锣、打鼓、唱歌,人人脸上都挂着笑容,争着去认他们景仰的英雄模范。

1个小时后,各地区出席全国工农兵劳动模范代表会议的代表们,同乘"毛泽东号"专车,从丰台站抵达北京前门车站。欢迎大会随即举行。飘扬着五星红旗的"毛泽东号"列车拉着全国各路的战斗英雄与劳动模范从丰台进入北京车站的时候,喧天的军乐声与欢呼声响成一片。

9月25日下午4点,中央人民政府怀仁堂人头攒动。为期8天的全国战斗英雄代表会议与全国工农兵劳动模范代表会议分别拉开序幕。

1950年9月25日，毛泽东、周恩来在全国工农兵劳动模范代表会上亲切接见包括全国铁路系统第一位全国劳模李永（左二）在内的会议代表。

在全国工农兵劳动模范代表会上，中央人民政府毛泽东主席，朱德副主席，李济深副主席出席致贺，张澜副主席的代表章伯钧也一同出席。参加开幕典礼的还有中央人民政府林伯渠秘书长，中央人民革命军事委员会总政治部罗荣桓主任，中央人民政府各部、会、院、署、行首长，各民主党派、各人民团体的领导，世界民主青年联盟代表团及其他外宾。朱德总司令代表主席团，正式宣布大会开幕。中央人民政府政务院副总理兼财政经济委员会主任陈云致开幕词。

正在这时，毛泽东主席亲自莅临会场。毛主席代表中国共产党中央委员会，向大会致祝词。

这是一个让所有"毛泽东号"乘务员永远不能忘怀的时刻。

在代表们的热烈欢呼声中，毛主席微笑着健步走来。李永的心欢快地跳动起来。毛主席来到他的面前，与他亲切握手。

雷鸣般的掌声过后，响起了毛主席的祝词声："中国共产党中央委员会号召全党党员和全国人民向你们学习，同时号召你们，亲爱的全体代表同志和全国所有的战斗英雄、劳动模范同志们，继续在战斗中学习，向广大人民群众学习。只有决不骄傲自满并且继续不疲倦地学习，才能够对于伟大的中华人民共和国继续作出优异的贡献，并从而继续保持你们的光荣称号……"

毛主席代表中共中央的祝词给劳模代表带来莫大的振奋和鼓舞，也彰显了劳模这一称号从此将承载共和国极为崇高的荣誉。

劳模代表们也纷纷上台报告工作经验和各地生产情况。先后出席发言的共有54人。劳模代表在讲话中纷纷表示：响应中共中央委员会和毛主席的号召，更虚心地在工作中学习，向广大人民学习，团结一致，为建立强大的国防和强大的经济力量而奋斗。

"这次参加全国劳模会，是咱们工人阶级的光荣。过去咱受尽压迫、剥削，谁把咱工人阶级还当人；有了毛主席和共产党的领导，咱们工人才有了今天！这次到了北京，要向毛主席和各位首长问安。一路大伙欢迎、招待，我心里感觉不安。大伙功劳像大海，我离了大伙什么也难办。"

1950年9月25日的《人民日报》上，刊登了李永《我对大会的感想》一文，充分反映出新中国工人阶级地位的历史性转变，以及劳模所到之处受到社会各界的崇高礼遇。

会议期间，正值中华人民共和国成立一周年国庆纪念，代表们受邀参加纪念典礼。9月30日下午，全体代表赴中山公园，听取周恩来总理作的政治报告《为巩固与发展人民的胜利而奋斗！》，并应邀参加庆祝国庆纪念晚会。

纪念晚会上，毛主席及党和国家领导人与劳模代表为了新中国一齐干杯，留下了珍贵的纪念照片。

盛大的国庆纪念过后，劳模大会也迎来了尾声。10月2日下午，全体代表赴故宫出席本次会议主办的劳动模范成绩展览会。展览会与中国人民解放军总部主办的战绩展览会联合举行开幕典礼，晚上7点，与全国战斗英雄代表会议联合举行闭幕典礼。

第二节

珍贵的签名

作为 20 世纪对中国影响最大的书籍之一,《毛泽东选集》的发行量数以千万计。但收藏在中国国家博物馆的这一本,却是独一无二的。因为它是唯一一本毛泽东主席亲笔签名的《毛泽东选集》。而这样一本珍贵的文物,就与"毛泽东号"有关。

1951 年 10 月 23 日至 11 月 1 日,中国人民政治协商会议第一届全国委员会第三次会议在北京举行。作为列席会议的特邀代表,"毛泽东号"机车组第三任司机长郭树德聚精会神地聆听并学习毛泽东主席的重要讲话。置身于中南海怀仁堂会场,27 岁的郭树德感觉像做梦一样,深深沉浸在当家作主的幸福之中。

1951 年 10 月,毛泽东在全国政协一届三次会议期间为列席会议的特邀代表、"毛泽东号"第三任司机长郭树德的《毛泽东选集》签名。

会议休息时，郭树德在东客厅喝水。此时，身穿深黄色中山装的毛主席健步走进了东客厅。郭树德连忙从座位上一跃而起，一个箭步奔到主席面前。

"我叫郭树德，开火车的，在您的名字命名的车上开车。"

毛主席微笑着看着郭树德，伸出大手握住了郭树德的手说："你回去向工人同志们问好！"

浓重的湖南乡音，一字一字说得很慢。

郭树德听得真切，只顾点头。他心想，多庆幸啊，能够和伟大领袖毛主席握手，还说上了一句话。前任司机长、老英雄李永去年跟毛主席握手时，也没有机会说上一句话啊。

他哪里想到，比这更庆幸的事还在后头。

11月1日，大会闭幕前夕，代表们到怀仁堂参加宴会。晚宴前，郭树德找不到自己的座位。

"怎么别人都告诉了坐在几号桌，就我没有呢？"

郭树德正纳闷，全国总工会的领导把他引到了一号桌。郭树德坐下后，蓦然看到桌子上摆着"毛泽东"的席卡。他不敢相信，自己竟与毛泽东主席同桌！

不久，毛泽东主席在掌声中走进宴会厅。在随即的宴会中，坐在毛泽东对面的郭树德眼神几乎没有离开过毛主席。

郭树德的心情太激动了。正在这时，他发现，大会向每人赠送的一本刚刚出版的《毛泽东选集》第一卷不就装在上衣口袋里吗？这要请主席签名该有多好！

他简直无心吃饭了。席间敬酒、问话、吃饭，一点机会也没有，眼瞅着饭就要吃完了。他不知如何开口，只是怔怔地看着毛主席。

这时，毛主席放下筷子，离开座位，可能是认出了郭树德，朝他走来。郭树德再也抑制不住激动的心情，赶忙起身，迅速拿出崭新的《毛泽东选集》，翻开封皮，递到主席面前。

"主席，我想请您签个名。"

1951年10月，在全国政协一届三次会议上，毛泽东对郭树德（中）亲切地说："你回去向工人同志们问好。"

毛泽东微笑着从秘书手中拿过钢笔，欣然在扉页签上了"毛泽东"三个苍劲有力的大字。郭树德手捧这本有着毛泽东签名的书，激动万分。

毛泽东为"毛泽东号"司机长的《毛泽东选集》签名，这一珍贵的历史瞬间被在场的摄影记者捕捉并定格。

毛主席为郭树德的《毛泽东选集》亲笔签名，这也是毛主席一生中唯一一次在《毛泽东选集》上签名留念，如今这本《毛泽东选集》已被中国国家博物馆收藏。

1954年8月22日，刚刚当选为全国人大代表的毛泽东，兴致勃勃地来到北京中山公园堂前广场，会见出席北京市第一届人民代表大会第一次会议的代表。从众多代表中间，毛泽东主席认出了郭树德，再次把手伸向了这个年轻人。

令人回味的是，在一次外出视察中，毛泽东的专列在南口车站停下后，毛主席径直走到担当专列乘务的"毛泽东号"机车旁，专注地看了又看。主席那信赖的目光深深铭刻在第五任司机长蔡连兴和第六任司机长郭映福的脑海中。

77年来,"毛泽东号"经历了一代又一代,换了13任司机长、184名乘务员。在他们每个人身上,都有挖掘不尽的生动素材和感人事迹。健在的"毛泽东号"老一代机车组成员,以及今天仍在一线的及曾在"毛泽东号"机车上工作过的骨干,以他们的切身实感,来感悟"毛泽东号"迸发出的伟大精神力量。

　　一个个鲜活的故事,一次次生动的讲述让我们追忆红色历史,感悟初心使命,回望难忘岁月。

第五章

"毛泽东号"访谈录

第一节

李永，被铁路机械化深深震撼

《三个工人出国日记》之一

李永在机车上瞭望

旧书摊上，一本淡蓝色、由工人出版社1951年出版发行的《三个工人出国日记》引起了行人的注意，合著者有赵国有、李永、郭树德。除第一位外，后两位是"毛泽东号"第二、第三任司机长。这本书共126页，印刷了1万册，售价旧币4800元。

细细品读，竟然发现了很多当年有趣的细节。

1949年10月23日到1950年1月9日，"毛泽东号"第二任司机长、有着"老英雄"之称的李永作为中国工人的代表，去苏联参加庆祝十月革命胜利32周年。那时新中国刚刚建立，百废待兴，作为社会主义老大哥的苏联，是当时众多进步青年的向往之地。

那时从北京去莫斯科可谓跋山涉水、异常艰难，看看李永的行程便可知。

10月26日下午5点，李永等代表团成员坐上了从北京到满洲里的火车，27日下午4点25分，列车抵达沈阳，稍事休息后继续前行。28日上午8时25分到达哈尔滨。下午2点又登上火车，29日下午3点38分到达满洲里。

在满洲里，代表团搭乘上苏联的一等卧车，于30日上午11时到达苏联赤塔。代表团成员大多是第一次出国，"看到的一切东西，都给我以新奇的感觉"。

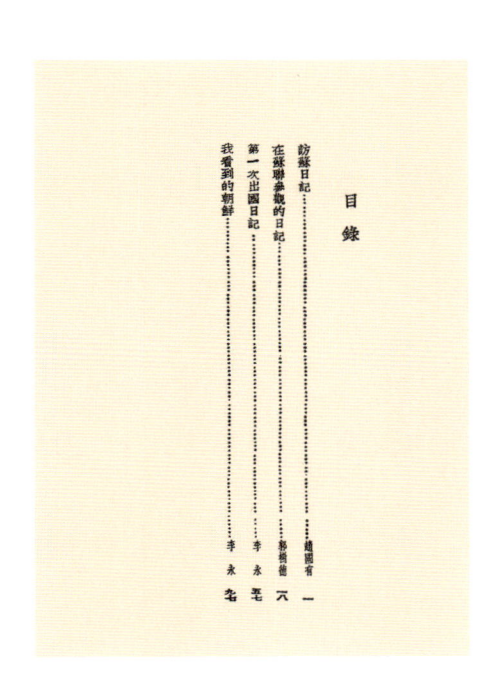

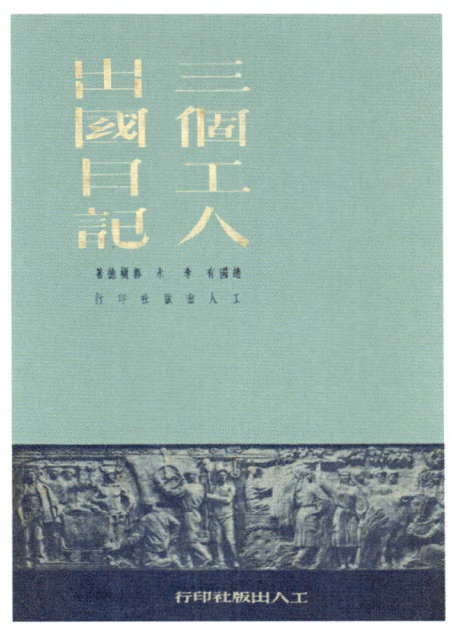

《三个工人出国日记》

　　苏联国土广阔，代表团一路赶路一路感受，11月6日来到莫斯科开始了第一次正式参观。他们于晚上参加了十月革命32周年纪念大会，李永记得，当时苏联政府部门负责人在演说时都亲热地喊着"中华人民共和国万岁"的口号，让他充分感受到中苏两个社会主义大国的伟大友谊和亲密团结。

　　11月7日，莫斯科红场，庆祝大会和阅兵式正式拉开帷幕。检阅台上在众多苏联官员和将领中间，李永第一眼就看到了斯大林，他当时激动地大喊：斯大林同志万岁！

　　一片"乌拉"的欢呼声中，红场成了欢乐的海洋，李永和整个代表团被深深感染。

11月9日上午，代表团在参观莫斯科著名的东方博物馆时，李永看到了由中国画家沃查送来的一幅"毛泽东号"机车和全体乘务员的画片。这时，陪同代表团参观的苏联同志罗米立刻把李永介绍给站在一旁的博物馆馆长说："这位劳动英雄李永同志，就是驾驶'毛泽东号'机车的司机长，你看，这中间站着的一个就是他呀。"

馆长听了非常高兴，立刻转身跑去取了一架照相机，一连就和李永拍了3张合照。

11月14日，代表团还参观了莫斯科地下道（地铁）和电气列车，这些让李永感觉"真是伟大极了！"

李永眼中，这列电气列车既不同于一般火车，又不同于一般电车，上面没有空线，铁道上面有着电流。全线共40公里，两头有道岔子，列车不必转头。

苏联同志介绍，莫斯科地下道是在1935年5月开始建设的，但在第二次世界大战中受到了破坏。因此在1945年又重新做了修建的工作。地下道每天总有150多万人次上上下下，灯光明亮、地面整洁，还有清新的空气吹入，这让李永惊叹不已。

他们还参观了莫斯科的小学。小学叫莫斯科第315小学，学生有1000多人，女生占了2/3，教员只有48人。其中，1到4年级教员都是师范毕业，5到10年级都是大学毕业。

学生中，8到14岁的都加入了儿童团，14岁以上的可以加入青年团。

在参观莫斯科咖啡糖工厂时，代表团受到工人们的热烈欢迎。工人们送给了李永三颗火车头咖啡糖，送给同行的同志一些小人糖，都非常精致，让代表团"满载而归"。

11月26日，他们来到了莫斯科机务段。这是苏联的一个模范机务段，在实行5年计划的时候超过了计划任务，赢得了15万卢布的奖金，后来这笔钱都用来建设了大批的工人住宅。

李永在这个段认识了一位劳动英雄布拉日纳夫。他有着卓越的成绩：如列车牵引定数照路局标准是 2100 吨，而他每次都要超 200 吨以上。又如，行车里程标准数是日车 333 公里，而他经常在 500 公里以上，最高达 700 公里。

李永看到了劳动英雄，也看到了新中国铁路的差距。苏联的铁路建设完全是机械化、电气化了。"修路的时候，有锄土机将高土挖走，不用人力挖。旁边有运输线，列车运来的石头不用人卸，只要一开机关便会自动由车底漏下来，然后用机器将石头送在道床上铺好，再用铺道机铺上道木，一边走一边铺。一边还有撒石机再铺一层石头，然后用起道机一边走一边起，有空的地方都掉下了石子。起道机后面又有平道机，立刻将道平好，有边有棱的……"

在李永心中，苏联是一个伟大的铁路上的国家，有着 10 万公里以上的铁路。一系列机械化的操作深深刻在李永的脑海中。这一天的日记他写满了 4 页纸。

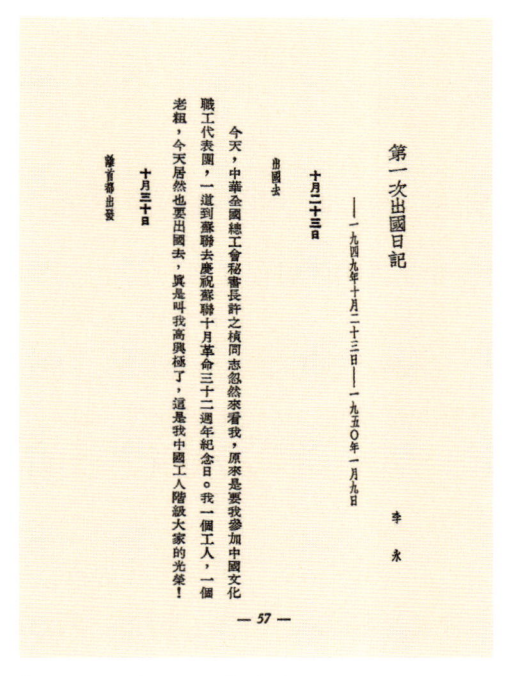

《三个工人出国日记》内文

扫一扫，观看视频

第二节

郭树德：收到苏联劳动英雄的珍贵礼物

《三个工人出国日记》之二

郭树德去苏联参观坐的是飞机，也是辗转艰难。1950年9月8日凌晨3点就起床准备，7点飞机起飞。第一次坐飞机的郭树德感慨："飞机里的设备很好，我没有想到，还有暖气，比我们京津之间的流线型火车还漂亮，心里非常愉快。"

3个小时后，飞机降落在蒙古人民共和国一个叫三神达的机场，休息了10分钟复又起飞。一个半小时后，到达蒙古首都乌兰巴托。吃过午饭，下午起飞后很快就进入了苏联境内。下午16点05分，到达了伊尔库茨克机场。

一路飞行，让第一次坐飞机的郭树德晕了机，吐了几次。9月10日，他们终于到达莫斯科。

郭树德在作报告

在莫斯科，郭树德他们也参观了著名的地下道。要下到站台，经过地下3层电梯。郭树德第一次见到电梯："第一站都是三个电梯，一个管上，一个管下，一个是辅助的。""这些电梯都很奇怪，走了不过是一米的样子，电梯就变成了梯形了，一个人比一个人高一些。刚要到地面时，就又成为平行的了。奇怪，不知道是怎么搞的。"

还有："一列火车过来了，我们要上去的时候，真奇怪，车门自动开了。人上完了，它又自动关起来了。""车上，除过开车的人以外，列车内连一个管理的人也没有，可是秩序一点也不乱。"

来到苏联不可能不看铁路建设。9月18日，郭树德他们参观了莫斯科机务段，还见到了500公里运动的创始人布拉日纳夫同志。

在风泵组，他们见到一件新东西，一种药水，可以检查各种轴上人眼看不到的裂缝。"调度室也很新鲜，他们用无线电话调度，可以直接对话，就和两个人在一起说话一样。"

在苏联的学习很紧张，偶尔也有

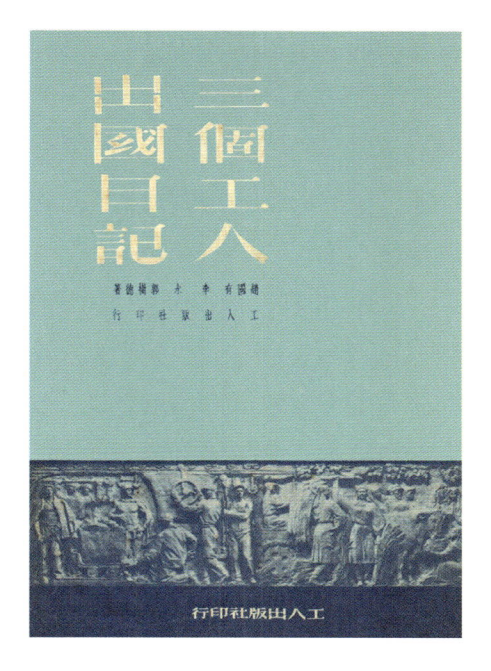

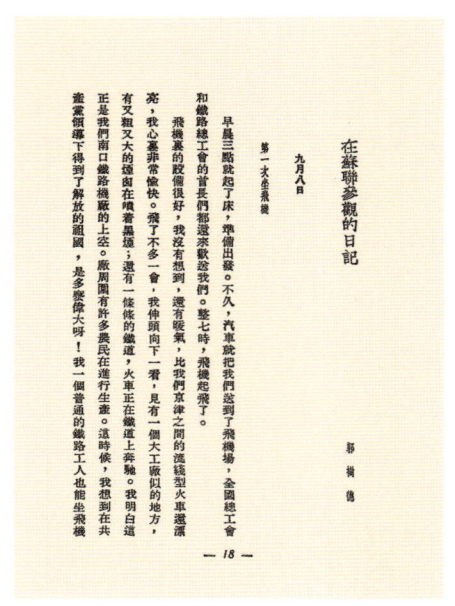

《三个工人出国日记》

放松的时候。9月20日上午,他们来到了文化公园,看到了一个奇怪的物件:"是个镜子,任何人见它非笑不可,你不乐也得乐,所以名字叫'哈哈镜'。上面有12个镜头,当你去一个镜头上一照,你自己就不认识自己了,是个非常怪非常怪的面孔,它能把你照成圆的,照成方的、扁的,还能把人照短,也能照得使人细长……"

9月28日,他们还参观了伊里奇机务段,就是列宁机务段。这里的工作领导是"一长制"。在接到任务后,他们就召开会议,党支部、工会,都来共同研究。大家都可以提出意见,最后由段长作出决定。

机务段出版有报纸,用报纸来推广新的工作方法,批评缺点。每一个批评在报上登出后,被批评的人必须得答复才行。

在苏联,郭树德还收到了一份珍贵的礼物——铁锤子。

一天晚饭后,他们到了铁路总工会,没料到著名的劳动英雄布拉日纳夫同志已经在那里等候他们了。这是郭树德第二次见到这位劳动英雄,心情无比激动。

英雄惜英雄,两个人的手紧紧地握在了一起。布拉日纳夫同志专门给郭树德带来了这件礼物——一把铁锤子,铁路上用的检点锤。

锤子柄上,一面是中华人民共和国的五星红旗,一面是苏联的国旗。锤子上,一面是郭树德的名字,一面是布拉日纳夫的名字。

还有一本书,是劳动英雄自己实行500公里运动的经验和办法,这本书是他自己写成的。他要郭树德把这本书带给"老英雄"李永同志。

10月26日,在坐了7天7夜的火车后,郭树德终于回到了祖国。

扫一扫,观看视频

第三节

甘洒热血写春秋

——记"毛泽东号"机车第一代乘务员朱殿吉

第一代"毛泽东号"机车组中很多人已经不在了。在那个战火纷飞、艰苦卓绝的岁月里,"毛泽东号"一路披荆斩棘,留下了大量为后人称颂的故事。朱殿吉就是这些故事中的一位主人公。

1932年3月出生的朱殿吉已年过90,虽然两鬓斑白,但身板硬朗挺直,精神矍铄,思路清晰。他是"毛泽东号"机车入关时的第一代老乘务员,有着

佩戴着"光荣在党50年"纪念章的朱殿吉

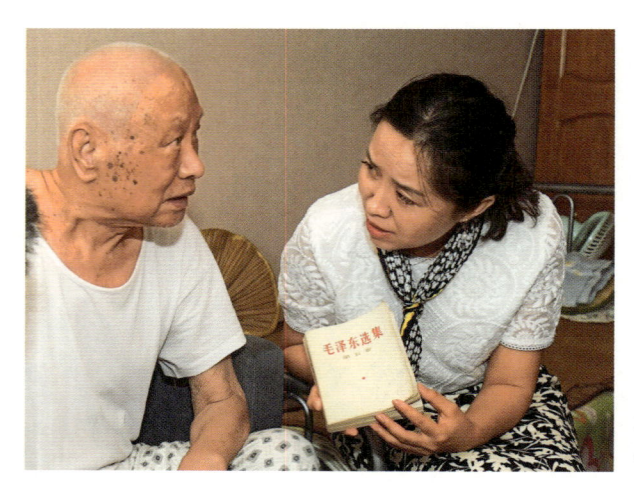

朱殿吉给本书作者展示他的《毛泽东选集》

70多年的党龄。他的记忆深处，总回荡着毛泽东号入关时的情景。

2021年"七一"，党的百年华诞前夕，中国国家铁路局集团有限公司领导郑重地为他佩戴上金光闪闪的"光荣在党50年"纪念章，对这位老同志深情地说："感谢您为党做出的贡献。"

1948年底，"毛泽东号"机车组先后立了四次大功，荣获了"走行六千公里"奖状、"保修良好、走行安全"奖状和模范机车组的光荣称号。李永、胡春东、朱殿吉三个人光荣地加入了中国共产党。

"我永远记得我入党的日子！"朱老自豪地说，"1949年，'毛泽东号'机车由'老英雄'李永带领着我们8名乘务员随军入关，由哈尔滨到北京到郑州，有力地支援了解放战争。"

他继续回忆道，1949年3月，"毛泽东号"奉命驰车入关，推行包车负责制。3月27日，"毛泽东号"机车开到丰台机务段，受到工人们热烈欢迎。

1950年冬天，天津—丰台间牵引定数还是2000吨。老英雄李永就提出了要超轴。11月17日，由"老英雄"李永，司炉王清权、张立海驾驶牵引2377吨，从天津出发，安全到达丰台，首创津丰间超轴纪录。

朱老不时地回忆他的老伙计，特别是回忆起他们"超轴"时的故事——

我们自打学习了郑阳坤的"大开汽门,高提手把"的超轴操作经验后,超轴热情更加高涨。

1952年4月,为了迎接"五一"节,在十七个半小时内,连续牵引3趟超轴列车,共超轴7698吨,等于在这个区间少开了三个半列车。司机蔡连兴、司炉我,还有张家珍还创造了牵引5598.6吨的新纪录。

1954年春天,刮着7级大风。"毛泽东号"机车组第五任司机长蔡连兴驾驶着机车由南仓回丰台,超轴多拉450吨。发车前,老蔡对我说:"今天风大,可能要晚点。"

当时是副司机的我将了老蔡一军:"今天要因烧不上汽来晚了点,我负责。有汽有水跑不快,你负责。"

开车后,列车顶风前进。蔡连兴汽门大开,车速越跑越快。我抡锹烧火,满身满脸是汗,司炉要替换我烧火,我不让。结果列车早点5分钟,安全到达丰台,还节煤几百公斤。

这就是人们后来称道的"毛泽东号""迎着困难顶风上"光荣传统的由来。

讲完这个故事,朱老意味深长地说:"顶风上"就是从这来的,它表现了老一辈"毛泽东号"人坚定立场、艰苦奋斗、不怕困难的革命精神。

朱殿吉曾经随人民解放军南下入关,在解放战争的烽火硝烟中见证了共和国的成立,还曾远赴非洲参加坦桑铁路的建设。

从"毛泽东号"机车组到非洲援建坦赞铁路,朱殿吉和在那里的"毛泽东号"老一辈郭树德、蔡连兴等一样,为建设"友谊之路",发展中、坦、赞三国人民的友谊,贡献了自己的力量,为"毛泽东号"的光荣历史谱写了新的篇章。

1971年7月,中、坦、赞三国共同修筑的坦赞铁路正在进行启始段,即坦桑尼亚首都达累斯萨拉姆至姆林巴这段502公里的大会战(也就是有名的"502"大会战)。根据总工期的要求和达姆段工程情况,以及所能投入的施工力量,中、坦、赞三国人民决定用一年多的时间,即到1971年底,高速度地把这段铁路修通。就是在这样的情况下，朱殿吉受祖国和人民的重托，乘坐飞机紧急赶到非洲。

朱老退休后，一直在关注着"毛泽东号"机车组的情况，并经常参加他们的活动。

2009年8月，北京铁路局党委邀请解放前入党的一线老党员、劳模代表参加"乘坐京津城际高速列车，感受和谐铁路建设成就"参观活动，请老一辈铁路工人亲身感受建国60年来铁路建设的巨大变化和成就，领略了代表世界最高水平时速350公里"和谐号"动车组的魅力和风采。

朱老坐在高速运行的C2025次京津城际动车组列车上，列车运行平稳，感觉非常舒适。当他听了北京动车客车段技术员、青年党员高志强关于动车组安全自控系统等新技术、新设备的介绍后，紧紧握住高志强的手，叮嘱说："你们工作光荣，责任很重啊！你们是国家的主人，要有强烈责任心，对人民生命安全永远负责到底；作业中千万要落实好责任制，执行规章制度一丝不苟，丝毫不能走样，还要争分夺秒学习技术业务，有过硬的基本功。"

高志强说："您放心，我们一定学好'毛泽东号'机车的安全生产经验，传承'立足岗位、尽职尽责、无私奉献、勇于争先'的精神，保证动车组运行绝对安全。"

从朱殿吉身上，能看到一种美德，那就是毫无怨言的纯粹。择一业，终一生，这种纯粹在当下难能可贵。

第四节

百尺竿头更进一步

"毛泽东号"第七任司机长陈福汉专访

年近90岁的"毛泽东号"第七任司机长——陈福汉尽管已是耄耋之年，但看上去精神状态佳，思路清晰、反应敏捷。

陈福汉小心翼翼地从书柜上取下一个蒸汽机车模型。这位"毛泽东号"蒸汽机车最后一任司机长，凭借眼前这个1∶30的仿真模型，向我们讲述了他和"毛泽东号"的故事。

陈福汉1936年出生在天津武清县（今武清区）的一个贫苦家庭，初中毕

退休后的陈福汉在家中谈"毛泽东号"

陈福汉接受本书作者专访

业后进了在长辛店附近北京机器制造学校，因为家里缴不起学费，一年后就退了学。

作为贫农出身的初中生，他在心里许下了一个愿望，长大要成为一名铁路职工，参加祖国铁路建设。

1957年，20岁的陈福汉如愿以偿地进入铁路工作。1959年，陈福汉经过层层选拔，来到"毛泽东号"机车上工作。在以毛泽东伟大名字命名的机车上工作，这不是简单的事，是一生的光荣啊，他下决心一定要干出个样子来！

上车后，他才知道工作不简单。当时有人把蒸汽机车的司机和司炉形容成"远看像挖煤的，近看像逃难的，仔细一打听，原来是机务段的"。

1958年8月，南口铁路电气化学校成立司机班，"毛泽东号"被通知暂停跑车，小组人员入学深造。

一年后，学习结束，小组成员回到丰台机务段。"毛泽东号"上落满了灰尘，静静地停在储备场上。组员们问当时的司机长蔡连兴，"毛泽东号"还能跑吗？如果跑，就要退出京山线，去跑支线。大家听了，都不情愿。

蔡连兴回家想了一宿，决定彻底改造机车。机务段里的架修库内停着压了火的建设型机车，蔡连兴和组员们把"毛泽东号"开到边上，拿着一节秫秸，

陈福汉在日本新干线学习交流

比量两台车的轱辘、锅炉和车驾子的尺寸。接着又钻进车底、炉膛和烟箱里量各个机件的尺寸，最后找出了两种型号在结构上的几十处不同点。

他们就这样反复研究、比对、改造，硬是让这台老旧的"毛泽东号"重新焕发了光彩。

1960年春，铁道部和铁道科学研究院联合举办五局机车性能大赛，"毛泽东号"代表北京铁路局参赛。比赛结果是：时速60公里时，"毛泽东号"的牵引力比建设型5008号高出29%；同样的耗煤量，"毛泽东号"比其他机车多跑10公里。

此时的"毛泽东号"虽然还是旧式型号，但根据丰台机务段的资料记载，"毛泽东号"机组成员先后对机车技术改造共计102项。

1960年10月，陈福汉有一次跑车到南仓停车后，发现背包没有了。同伴们帮助找了一会儿哪里也没有。司机郭映福说："可能让别的班的同志们背错了。"

回丰台后，已是深更半夜，他还到几位同志家里去问，仍然是石沉大海。背包里有衣服、钱和一块心爱的手表。同志们都劝说："不要着急，很可能是中途过弯道时候，把背包甩下车去了，谁拾到，是会送回来的。"

时隔几日，两个小学生在半道上拾到了背包，一看证件是"毛泽东号"火车司机，在当时当地那可算名人，一打听就找到了陈福汉家，把心爱的手表交到他的手上。

可是在陈福汉的心里，却不是那么平静。他苦心的思索着，为什么我的工作劲头，不如车上的师傅们那样一贯干劲十足呢？这是什么道理？他脑子里一连几天和老师傅们对比，许多往事，一幕连一幕地一下子涌上脑际。

打那以后，陈福汉一面虚心向老师傅学习，一面从《毛泽东选集》里，寻找做革命人的真理。4年的工夫，他通读了《毛泽东选集》一至四卷。组里的师傅们说，陈福汉干什么活儿，都让人放心；干什么都干好，像个样子。

陈老回忆，"毛泽东号"机车组一点不含糊的作风，是从日常一点一滴培养起的。

有一次，司机郭映福开着车进南仓站的时候，超过规定速度两公里。按说，他们拉的不是客车，早进站不受限制，再说，快个一两公里也显不出来。可是，副司机陈福汉从速度表上看出来了，马上提醒说："郭大车！速度到了27公里，超速了。"

为这，郭映福在小组会上主动做了检查："虽然速度只开快了两公里，看

年轻一代"毛泽东号"乘务员为陈福汉献花

起事是小事，其实是大事。违反制度不在大小，而在于思想不认真，今天超两公里认为没啥，不注意，明儿十几公里也敢超，这就给事故开了路。"

蒸汽机车机组成员必须自己完成机车的保养和小修，所以经常得钻到车轱辘里给机件上油。块头大点儿的师傅很难钻进去，冬天不能穿厚外套，只能穿单衣钻到车底下。此外，还得频繁清理狭窄的烟箱。陈福汉记得第一次钻进去时，烟箱里又呛又热，想捂住鼻口，却又很难动弹。若是碰上跑车途中烟箱出状况，人钻进去时，下边炉门里就是火，操作不当还容易被火烧着。

在一次洗炉时，身为副司机的陈福汉检查气缸盖栽丝，司机长蔡连兴问他栽丝中间为什么都有一道沟，陈福汉被问住了，司炉骆志祥也答不上来。

蔡连兴告诉他们，那叫安全沟，并给他们讲清这沟的作用。师傅们经常这样考问徒弟，徒弟有时也考问师傅。有一次，陈福汉和周洪桥听说锅炉止回阀发生故障，想到止阀不能关闭时怎样处理？就考司机长。老蔡说不消火没法处理。由于说法不一，各有理由，争论了一个多小时，最后老蔡画图掰开揉碎地讲，才使两个伙计服了理。

1973 年到 1979 年，陈福汉担任"毛泽东号"机车组第七任司机长。在那段新中国历史上的困难时期，陈福汉坚持用毛泽东思想育人建组，南下武汉，北上呼和。在呼和局，他们两次冒死冲入火海，将装有易燃、易爆物品的列车拉到安全地带，避免了重大恶性事故的发生。在当时部分区段运输中断的情况下，"毛泽东号"挺身而出，为畅通全路做表率，当先锋。他们趟趟正点。

"文革"结束后，陈福汉提议，由"毛泽东号"发起倡议，在全局开展安全正点创高产活动，创下了单机牵引 4268 吨的纪录。这个普通工人，在被选为全国劳模的同时，还当选了中国共产党第十至第十三大代表，第十一、十二届中央委员。

1979 年，陈老卸任"毛泽东号"司机长，调任北京铁路局工会副主席，后又担任北京铁路分局副局长，从北京市总工会副主席任上退休。

陈福汉回忆说，他们牢记"毛泽东号"的光荣使命，在安全生产、运输效率、节支降耗等各方面力争做到最好。在他担任司机长期间，机车组先后荣获"全国节约先进单位""北京市节约挖潜红旗集体"荣誉称号。

2019年12月30日，京张高铁开通运营。1号车厢内，陈福汉老人坐在座椅上。

虽然退休多年，但陈老心里始终关心铁路发展，牵挂着"毛泽东号"和这伙年轻人。

"'人家都在学我们，我们怎么办'，'毛泽东号'的成长过程，离开群众的帮助寸步难行，离开党的领导会一事无成，这两条千万不能忘记。"陈福汉语重心长地叮嘱刘钰峰。

"你们机车组要记住，现在的条件虽然越来越好，但不要忘了'毛泽东号'艰辛的过去。要百尺竿头更进一步，多想想怎么创新。创业难守业更难，现在职工的思想都很丰富，开好火车，必须先抓好人头的思想。"

扫一扫，观看视频

第五节

"能踏上这台机车,那是很光荣的事"

走近"毛泽东号"第十一任司机长赵巨孝

1974年2月,赵巨孝出生在北京丰台的一个普通家庭。1991年参加工作,当时在北京市橡胶五厂当一名普通的工人。1997年,正逢丰台机务段招工,23岁的赵巨孝就填了招工表,通过考试,顺利被招入铁路工作,开始了他15年的火车司机生涯,让他有缘与"毛泽东号"从相知到相伴。

刚上车的时候,赵巨孝还没进入状态。

"在驾驶过程中,火车司机和副司机看到信号机时要互相确认。但是我跑

赵巨孝在翻看"毛泽东号"日志

了3趟车了，都不能主动确认应答。"赵巨孝回想起当年的情景，觉得当时自己太腼腆了，不好意思张嘴。

当时他的师傅就是"毛泽东号"第十任司机长葛建明。对于赵巨孝的状态，葛建明非常不满。

"师傅很严厉，想尽办法逼我张嘴。"赵巨孝回忆。

当时他们走行京九线区间约427公里，大概有近400架信号机，首先的任务是把这些信号机的位置和号码准确印在脑子里。没有别的办法，师傅下了"死命令"，不吃不喝也要背下来。

赵巨孝苦练操作基本功

最终，在师傅的指导下，他运用情景加区段的方法用了3天时间硬是把信号机的号码全部背了下来。"243信号，绿灯！绿灯好了！到现在十几年了，这些信号机的号码还是深深印在脑海里，能背下来。"他说。

经过层层选拔，1998年，赵巨孝来到"毛泽东号"机车组，成为车组正式一员，担任副司机职务，并担当了"毛泽东号"从京山线转到京九线的第一趟运输任务。随后几年里，通过考试和组织的审核，赵巨孝提职了司机。他说："当时那个高兴劲，别提了。"

他曾多次防止安全事故。就在他刚上"毛泽东号"没多长时间，在一次值乘任务中，发现燃油表管断裂喷油，果断采取措施，防止了一起火灾事故。

2002年4月，赵巨孝调出"毛泽东号"机车组，在别的机车担任了司机长职务。2003年6月，他再次回到"毛泽东号"机车组担任司机。2004年5月，他光荣地加入中国共产党，同年11月，他被任命为"毛泽东号"机车组副司机长。

"不管是什么年代，哪里有急难险重任务，哪里就有'毛泽东号'机车的身影。"赵巨孝说。

在"毛泽东号"近 15 年的日子里，赵巨孝至今保持着一项"纪录"。为了不打乱车组正常运营秩序，赵巨孝没有请过一天假，甚至他的婚礼也没例外。

当时一个班组共 9 个人，受运输条件限制，规定运行 270 公里就得在衡水换班。"我们在衡水驻点，一次出勤要 5 天才能回到北京，之后可以休息 5 天。"赵巨孝就反复计算时间，就想利用 5 天休息时间把婚礼办了。

"我结婚那年是 1999 年。我爱人当时对我特别不理解，觉得很委屈。她说结婚这么大的事，难道还不能请假么。"

说归说，赵巨孝的爱人还是用实际行动支持了他的工作。

"我父母身体不好，买窗帘、订饭店，都是我爱人和岳母一起筹备的。婚礼也十分简单，只是和双方同事、亲戚吃了一顿饭，也没举行仪式，甚至她连婚纱都没穿。"

赵巨孝说起自己的爱人，除了感谢还是感谢。"因为工作忙，在照顾孩子方面，这些年来也是爱人独自担当，她真的很不容易，我很感谢她。"

再上班时，小赵给大家带来了糖和烟。大家一愣，小赵忙说："喜糖！喜糖！"原来他利用歇班时间把自己的终身大事办了。

一辈子的大事啊，谁不希望风风光光、体体面面地办一回，何况婚假是法定的，为什么不休息几天呢？

这个很简单的问题，小赵的回答是"不"，因为在他心中，"毛泽东号"的分量太重太重。

在当火车司机的 15 年期间，赵巨孝很少能在家过春节。

"有次驾驶火车在衡水进站时刚好看到放烟花，想家的感觉油然而生。"赵巨孝说，"其实在火车司机中常年不请假也是很普遍的现象，很多人习以为常，

赵巨孝（右一）与同事们探讨业务

因为这是工作的需要。"

2005年5月17日，"毛泽东号"机车牵引Y501次旅游列车缓缓驶入北京站一站台，这台机车将运送2005北京《财富》全球论坛有关嘉宾前往古长城游览。

7点10分，来自不同国家的100多名国际友人到达北京站。高大穹隆的无柱雨棚下，"毛泽东号"机车显得格外引人，兴奋的异国朋友纷纷与"毛泽东号"机车合影留念。一位女士说："能与著名的'毛泽东号'留影，并乘坐它去看中国的长城，很美妙！"

7点40分，Y501次旅游列车启程，司机赵巨孝、副司机肖飞驾驶"毛泽东号"机车驶离北京站。这趟列车是庞巴迪车底，典雅的环境，悠扬的乐曲，温馨的服务，让这些来自不同国家的友人倍感亲切。

2005年6月1日，年仅31岁的赵巨孝从毛泽东号第十任司机长葛建明手中接任司机长，深知自己肩上的责任和压力。

2008年初，在我国南方发生的低温雨雪冰冻灾害，来势凶猛，影响范围大，持续时间长，使得原本紧张的铁路春运更加雪上加霜。赵巨孝看在眼里，急在心头。

"必须保证机车质量稳定，一定要尽最大能力往灾区多运几趟。"简短的一句话，饱含着赵巨孝对灾区人民深切挂念之情和拳拳的赤子之心。

在他的带领下，机车组成员在救灾抢运期间，细心检车，确保机车质量稳定；专心值乘，确保列列安全正点；精心操纵，确保货物平稳不移位。期间，"毛泽东号"机车组共计担当抢运救援物资和电煤任务 8 列，运输货物上万吨。

2008 年 5 月 12 日，四川汶川发生 8.0 级特大地震。这是新中国成立以来破坏力最大的地震，也是唐山大地震后伤亡最严重的一次地震。

一时间，大量"抢"字头救灾列车源源不断开往灾区，赵巨孝也带着机车组全体乘务员冲在了最前头。

只有一天准备时间，来不及和家人告别。坐在驾驶室目不转睛盯着前方纵横交错的铁轨，一口气跑出 200 多公里，以最快速度更换内燃机车头，继续奔向灾区……

高素质的职工队伍是保证安全行车的基石。"毛泽东号"人始终以"熟记规章一口清、自检自修一手精、标准值乘不走样"的要求，坚持学习技术业务。

作为新时代"毛泽东号"机车的领路人，如何在技术上继续保持领先水平？赵巨孝在实践中不断探索，用实际行动给出了答案，并创造了一个个新的成果。

机车乘务员从踏上机车的第一步到执行完任务离开机车，机车从检修库房中开出的第一米到再次返回到检修库房中，机车组都有一系列具体操作措施。

"毛泽东号"机车组总结出的"28 字一次出乘作业法"，将新的"28 字一次出乘作业法"编写成册，制成教学光盘，提供给全体机车司机学习，成为了机车司机作业程序化、规范化、标准化、制度化的准绳。

"绿灯！""绿灯好了！"

"道岔注意！""道岔开通！""开通好了！"

赵巨孝在采访中还给我清晰地演示了一遍呼唤应答，他说这些话语都印在他脑子里。

"呼唤应答是安全行车的有效经验，司机双方既可相互提醒，又可互相监督，以防止因作业时间长、精神不良等情况造成执行制度走样、落实制度不严现象的发生。"赵巨孝解释着。

上了火车头，才知道什么叫枯燥、乏味、单调。

机车的前方，永远是两条钢轨，特别是在茫茫夜色中，能看到的也只有钢轨和两侧的信号机。

"在这种情况下，要想保证行车安全，靠的就是'责任心+责任制+基本功'。"

赵巨孝讲了这样一件事。

在京九线直拉丰台至聊城北之际，"毛泽东号"机车勇挑直拉首趟重任。在运行过程中，暴雨造成京九线路出现水害，旅客列车全部晚点。此时，尽快恢复北京西站上下行客车秩序成为头等大事。

牵引货物列车的"毛泽东号"机车步步挪、站站让，结果，历时36个小时才到达聊城北，为随即而来的大面积开通积累了宝贵经验。担当值乘任务的司机长葛建明一路没合眼，保证了直拉成功，这就是"责任心+责任制+基本功=安全正点"这个等式的最佳例证。

上班下班没个准点儿，是值乘"毛泽东号"机车的最大特点。在丰台机务段，其他机车都是轮乘制，"毛泽东号"机车实行包乘制，不管白天黑夜，也不管过年过节，上班赶上几点是几点，下班还要与接班者共同整备机车。

谈到家人，赵巨孝最大的感受是亏欠。为了有人接送4岁的女儿上托儿所，他索性长住丈母娘家中，回家只管休息。因为和女儿共同交流的时间太少，女儿总是以陌生的眼光看着他。

女儿20岁了，上大学。有一次，女儿学校组织大家去铁道博物馆参观，看到了"毛泽东号"机车。我女儿告诉同学，我爸爸是"毛泽号"机车的司机长，同学纷纷投来羡慕的目光。

随着单司机值乘制度的实行及第六次大提速的实施，新技术、新设备在机车上不断应用。"毛泽东号"原有的"28字一次出乘安全作业法"不能涵盖当前作业内容。

赵巨孝开动脑筋，联系在实践中遇到的问题，经过无数次的实验、修改，最后改定的安全值乘作业法保留了原来的8个作业程序并只修订了部分字头，增加了列车运行监控纪录装置和IC卡的操作、使用程序以及注意事项，明确了单司机值乘过程中，两名司机各自的职责。修改后，作业法成为新制度下的机车乘务员作业的一个规范标准，促进了全段乘务人员的标准化作业。

当问到赵巨孝第一次接触"毛泽东号"的情景和感想是怎样的？

赵巨孝说，那还是在1996年的夏天，我当学员在铁路边拔草，当时"毛泽东号"机车正从西门入库。我的班长王立新对我说："巨孝，你要好好学，争取可以分到这台车上学习。能踏上这趟机车，那是很光荣的事。"

扫一扫，观看视频

第六节

"问不倒的火车头"

大家眼中的"毛泽东号"第十二任司机长刘钰峰

第十二任司机长刘钰峰在"毛泽东号"机车前

1980年2月，刘钰峰出生在北京良乡的一个普通家庭。他父母都是教育工作者，而他从小到大品学兼优，对机械、电器情有独钟，还是一个不折不扣的"火车迷"。

1999年8月，刘钰峰从石家庄铁路司机学校内燃机车乘务员专业毕业，被分配到丰台机务段——"毛泽东号"机车组所在段。

头顶在校期间"全路新长征突击手"的光环，穿上崭新的乘务服，尽管只是学员，但19岁的刘钰峰仍感到无比激动和自豪。司机长开门见山："要开'毛泽东号'车，先做'毛泽东号'人——政治上的合格人、安全行车的规矩人、运输生产的带头人。"

刘钰峰告诉我，"三种人"的要求，他铭刻在心，永生不移。

他暗下决心，一定要进入这个机车组。随后，他以第一名的成绩结束了岗位培训，当年11月被选拔到"毛泽东号"机车组。

万里长征这时才刚刚开始。那段时间他没日没夜地学习，连睡觉说梦话都在学规章。

掌握的内燃机理论可以说滚瓜烂熟，但这一切，都难掩面对机车上精密仪器和按钮开关的"从零开始"。为尽快掌握规章，刘钰峰给自己制订了学习计划，白天苦练实操，晚上学习理论。那段时间，他没日没夜地学习，连睡觉说梦话都在学规章，很快就把各种类型机车的上千条电路、上万个部件熟记于心，成为"规章一口清、技能一手精"的技术尖子。

刘钰峰成了同行中的佼佼者。2010年，"毛泽东号"机车由内燃机车换型为和谐3B机车，刘钰峰在完成本机组工作的基础上，给自己定下了一周去京沪线助乘3趟和谐机车的"铁规矩"。

刘钰峰特别能吃苦，为迅速掌握新技术，他连续几个月利用休息时间到轮乘电力机班学习。在温度高达40多摄氏度闷热的机车走廊和电器间，他一待就是几个小时，率先掌握了新型机车操作技术。

刘钰峰家的书桌玻璃板下压着全是他的学习计划，枕头旁塞满了学习笔记，茶几上也摞着各种技术规章。在学习面前，他说自己丝毫不敢有半点松懈。

2012年，刘钰峰从前辈手中接过这面在全国铁路运输战线飘扬了半个多世纪的旗帜，光荣地成为了机车组第十二任司机长。

"30岁出头的小伙子，能担得起这么大的担子么？"上任之初，很多人心里难免有质疑。很快，这个同行眼里"问不倒的火车头"、年轻人眼中"神一样的司机长"就让大家心服口服。

进入新世纪铁路发展日新月异，"毛泽东号"又历经了3次换型，刘钰峰一路见证。光荣的"毛泽东号"机车，就要永远奔驰在时代的前列。

2014年7月1日，"毛泽东号"机车结束了68年货运牵引任务，开始牵引T1/2次北京至长沙的旅客列车；2015年开始担当Z1/2次列车牵引任务。货物运输讲究的是多拉快跑，而旅客列车既要保证行车安全，又要让旅客坐得舒适。

刘钰峰是段上著名的"电脑"，只要机车出现故障，他就能"秒报"可疑故障区域。"毛泽东号"担当北京至聊城货运牵引任务时，一个单程500多个信号灯，刘钰峰能随口说出每一区段每个信号灯的位置。2014年12月起，"毛泽东号"牵引北京至长沙的T1/2次旅客列车，刘钰峰又是机车组第一个把1070个信号灯位置倒背如流的司机。

在刘钰峰宿舍，有一个精美的整理箱，里面整齐码放着他工作以来的行车笔记，详细记载了每趟值乘情况。出乘前，他根据牵引车次、运行区段、气候及列车编组情况，进行充分预想，制定针对性强的安全措施。值乘过程中，遇到新的情况，也在笔记中认真纪录，退乘后拿到班组会上一起分析，总结经验。

有了丰厚的实践积累，刘钰峰进一步强化"毛泽东号"机车组50年代形成的"好、快、狠、稳、准"操纵方法和90年代形成的《机车安全值乘作业法》的学习，不断细化创新，围绕《"毛泽东号"机车组28字一次出乘作业法》内容，结合当前电力机车值乘各环节，与班组成员共同总结形成了《电力机车30字作业法》，增添了电车作业注意事项，更加强调设备控制保安全的操作重点。

"手不离闸把，眼不离前方，背不靠座椅，说话不对脸，吃饭不同时，沏茶不谦让"，是刘钰峰和同事总结提炼出的"六不"安全值乘诀。仅一项背不靠座椅，就意味着完成一趟出乘任务14小时02分，驾驶室里的刘钰峰和同事们始终要保持上身笔直。尽管最后身体都是木的，但刘钰峰和同事们坚持高标准不放松，确保了每趟值乘绝对安全。

自从当上了司机长，刘钰峰就没在家过过节。春节、端午、中秋……，无论哪位班组成员当班，都会在火车头里看到添乘的刘钰峰。

正是懂得这份责任之重，刘钰峰和伙伴们才不敢有丝毫懈怠。在"毛泽东号"机车组工作18年，无数个节假日他都是在岗位上度过的，更有16个除夕夜没和家人团聚。

刘钰峰获得"全国优秀共产党员"称号

他不仅对自己，也对机车组的职工严格要求。再忙再累，他也要把制服熨得平平展展。

"开车的，免不了和油污打交道，差不多得了，旅客又不会上机车来看。"有人这样劝。"要老这么想，制服就永远干净不了了。机车卫生和仪容仪表，体现的是精气神啊！"刘钰峰说。

每一次，"毛泽东号"机车完成牵引任务归来，刘钰峰都会和机车组职工细心为它洗去一路风尘。在他们的精心呵护下，机车每个细微之处都干干净净。玻璃明亮如镜，驾驶室整洁有序，金色的毛主席像耀眼夺目。

每年9月9日，刘钰峰都会组织大家到毛主席纪念堂参观，激发大家爱党、爱国、爱岗的工作热情；每逢有新员工加入机车组时，他就让他们参观"毛泽东号"机车展室，让他们牢记"要开'毛泽东号'车，先做'毛泽东号'人"的信念。

为讲好"毛泽东号"故事，他坚持用业余时间整理"毛泽东号"机车图片及实物资料，为参观"毛泽东号"机车展室的人员义务解说上百场次。

永远的"毛泽东号"

刘钰峰接受本书作者专访

也正是出于不敢懈怠的奋斗,刘钰峰带领机车组书写着这台英雄机车的新传奇。"毛泽东号"始终保持着全路安全运输生产的纪录,成为全路安全生产一面高高飘扬的旗帜。

扫一扫,观看视频

第七节

做好新时代"毛泽东号"人

记"毛泽东号"第十三任司机长王振强

1986年11月,王振强出生在北京房山区青龙湖镇的一个普通的农民家庭。

2002年,他考入北京铁路电气化学校。刚进入学校时,他选择的专业与铁路并没有关系。在2004年一次偶然的机会,铁路部门需要在学校增加火车司机专业,他知道后立刻报名,经过层层选拔,最终他如愿以偿被成功录取。

2005年9月21日,在"毛泽东号"实现安全走行800万公里时,刚上班一个月的王振强就站在"毛泽东号"机车旁。而那次,也是王振强第一次见到"毛泽东号"机车——一台东风4D型1893号内燃机车。

鲜艳的大红花衬托着巨型的毛泽东主席金色头像车徽,熠熠生辉。一刹那,王振强被深深震撼到了:"什么样的司机才能开这台机车?"也是从那一刻起,他暗下决心,一定要刻苦努力,将来要成为一名"毛泽东号"人。

王振强通过观察模型不断熟悉机车

在丰台机务段工作 3 年时间里，每一次考试，王振强都一次性通过，2008 年，经过层层选拔，最终他加入到了有着光荣传统的"毛泽东号"机车组！

第一次接触到"毛泽东号"机车时，老司机长叮嘱他"要开'毛泽东号'车，先做'毛泽东号'人，要成为一名合格的'毛泽东号'人，就要时刻做思想政治的合格人、安全行车的规矩人、运输生产的带头人。"

伴着落日的余晖，王振强第一次登上了机车，机车里的整洁干净让他不知所措，明亮的玻璃看不见一点瑕疵，到处透着温柔的光线。他永生难忘第一次登上机车，生怕自己一个动作就破坏了它的完美。

不允许背包上下机车、不允许反手关门，虽然满耳都充斥着"安全"，但是他满心还是那种初登机车的激动，只想赶快体验"毛泽东号"机车的威风劲儿。

进入机械间，巨大的高温热浪让他猝不及防，呼吸困难，可是走在前面的师傅依然一寸一寸检查着机车，还没有走完这短短的十米，他已经汗如雨下恨不得一下冲出去，逃离这个"蒸笼"。

此时，他登车前的激动和新鲜早已经消退了大半。不知道过了多久，他才重新走进驾驶室，在巨大的轰鸣声中机车终于启程了，挂好列车我们奔向聊城北站，夜幕降临凉风习习，窗外是无边无际的庄稼，秋天特有的果实和庄稼的味道飘进了机车，而这一切仿佛与他们二位并无关系。

"363 信号。"随着李成斌师傅的呼唤，他的左手在空中划出一个漂亮的弧线，两根手指指向下一架绿色信号机。

"信号绿灯。"司机刘钰峰快速应答，他左手紧握闸把，右手也同样指向信号机来确认他是否应该通过，"绿灯好了。"最后一句呼唤中完成了这次呼唤应答，整个过程简单流畅，吐字清晰，让王振强这个学员听得真真切切。

在王振强眼中，他们两个如同两名舞者，各自挥舞着手臂彼此配合完成着每一个动作。虽然没有音乐灯光做伴，却让他们演绎得如痴如醉，几十架信号机过去了，呼唤依旧，一百架过去了他们依然如此。

在机车组的 11 年里，红色的基因、传承的力量、光荣的集体，鞭策着他笃定前行。王振强经受住了师傅"魔鬼式训练",小到系好一粒扣子的位置,大到练习驾驶技术以毫米的精准度掌控手柄,都要达到标准和精准。

为了掌握好控制转速的技能,王振强花了将近一年时间,刻苦学习京九线的线路工作面,从不熟悉到了如指掌。然而,这还是最简单的。作为一名"毛泽东号"的合格司机,还要默背下线路沿途每一架信号机的专属号码。这个号码代表着公里数,机车到达这架信号机,司机就能知道准确的位置。

担当旅客列车强调平稳、舒适。以前,"毛泽东号"机车组把一杯水放在车钩上,要求挂车时滴水不洒。后来,使用列车平稳冲动测试仪,一旦驾驶不平稳,冲动仪就会报警。

经过反复练习,最后,一趟车测试下来,王振强让冲动仪像失灵一样,单程1593公里的铁路线哪里有坡道、弯道、桥梁、隧道,他都了如指掌。沿途2399架信号机的专属号码,都倒背如流。

在一次值乘中,凌晨两点,速度158公里。突然,微机提示机车温度超高112度,牵引力瞬间消失。

"不好,列车失去了动力!"王振强一个箭步蹿进机械间,1分钟内就找出是主变压器第三传感器故障,必须停车处理。

为了不影响后续列车通行,在仅有一次停车机会的情况下,他操纵列车完整停靠在站内,迅速排除故障,第一时间恢复正常行车。

一路走来,从一名普通的机车乘务员到电力机车高级技师,先后担任内燃机车副司机、内燃机车司机、电力机车司机,安全驾驶机车1300余趟。2019年,32岁的他成为了"毛泽东号"机车组领军人。

交接时,老司机长语重心长地对他说:"接过接力棒,就要跑出好成绩!"

成为团队带头人后,他深知仅仅自己会还不够,还要带动身边人学。

他将机车各部件位置、原理、故障处理方法制作成图片、PPT和视频,带领机车组成员一点一点钻研、一步一步练习,在他的带动下,机车组的学习氛围更加浓厚,成员们个个成为了业务上的行家里手。

永远的"毛泽东号"

王振强在和同事为机车瞭望

　　王振强在作业过程中发现，列车管连接时，连接角度经常出现偏差造成连接困难，由于连接处经常弯曲，很容易造成漏风和老化现象。

　　针对这个问题，他依托创新工作室，经过十多个版本的选择、改良、试验，制作出一种新型的风管连接角度转换器，使风管连接处实现360度旋转，有效地解决了列车管连接的安全隐患问题，用"小创造"解决了安全生产的"大问题"。

　　就这样，围绕机车运用、列车操纵、故障处理、节支降耗等方面，他带领创新工作室成员积极开展技术改造、革新等"小创造"，解决了许多一线职工关心关注的难点问题。

　　在与创新工作室成员的共同努力下，王振强带头研发出《一种便携式机车石英砂回收装置》《VR机车交互式演练系统》等创新成果10余项，其中《一种防止误碰监控装置新型开关》《机车抬头显示器》等4项成果获得国家专利。

作为"毛泽东号"的班长，王振强把传承、弘扬"毛泽东号"光荣传统视为永恒追求，带领车组成员们始终冲锋在党和人民最需要的第一线，初心不改、从无缺席。

一年后，当王振强驾驶"毛泽东号"机车创下安全走行1100万公里新纪录的那一刻，他激动不已："新时代的'毛泽东号'人没有辜负你们的信任和期待。"

2020年，面对突如其来的新冠疫情，身为"毛泽东号"司机长的他，第一时间把机车组成员们组织起来，召开党员大会，面对党旗庄严宣誓，郑重写下"请战书"。

"毛泽东号"担当的Z1/2次旅客列车作为丰台机务段唯一穿越湖北、经停武昌的列车，疫情防控压力可想而知。他详细制定了12项防护措施并严格执行，带领机车组15人连续3个月不回家，班组成员轮流换岗，常住单位备班，为赢得湖北保卫战、武汉保卫战的全面胜利积极贡献力量。

在1593公里的铁路线上，王振强带领着机车组践行"毛泽东号"平凡而又伟大的传奇使命。

2021年，王振强被评选为全国"最美职工"。4月27日，他获得全国五一劳动奖章，并在人民大会堂宣读《倡议书》。

"当我佩戴着鲜红的绶带和沉甸甸的奖章，走上发言席时，我深深地感受到这份荣耀不仅属于我们铁路人，更属于新时代每一个追梦人。"王振强说。

车轮滚滚，一路前行，红色基因，薪火传承。

"而今，在新时代，'毛泽东号'一如既往冲锋在前，它的身影穿梭在神州大地，它的汽笛声响彻在天际云端，它的精神铭刻在历史的沧海桑田间。"王振强掷地有声。

扫一扫，观看视频

附　录

"毛泽东号"的十枚车徽

第一枚车徽。使用于1946年10月命名时，主要由临时悬挂的毛泽东像和铜制五角星、铁锤和卡尺、车名标牌等固定镶嵌装饰部分组成。

第二枚车徽。使用于1947年至1948年间，主要由"毛泽东号"车名标牌、铜皮焊制的五角星、毛泽东正面头像等部分组成。

第三枚车徽。使用于1948年至1949年，机车入关前后。主要由铜制的"毛泽东号"车牌标志和锅炉中部的五角星、金麦穗、铁锤、卡尺等固定装饰物组成。

第四枚车徽。使用于 1949 年至 1958 年间，铜制浮雕由五星、麦穗、红旗、党徽等组成，中间玻璃相框中镶嵌毛泽东正面头像。

第五枚车徽。使用于 1951 年至 1953 年间，车徽的金属浮雕部分与第四枚相同，经考证，在抗美援朝时期，车徽中心部位的毛泽东像曾一度更换为半侧面头像。

第六枚车徽。该车徽为机车侧徽，使用于 19 世纪 50 年代至 60 年代，悬挂于机车驾驶室车窗下部，由铜制红旗、五星、党徽和"ㄇㄎ 1-304"号车牌号等组成，中间镶嵌毛主席侧面头像。

第七枚车徽。使用于 19 世纪 60 年代中期至 1977 年蒸汽机车退役前，由毛泽东正面浮雕、红旗、麦穗、五星、党徽等铜铸而成，正面浮雕镀金，旗帜为红色。

第八枚车徽。该车徽为机车侧徽，使用于19世纪60年代中期至1977年蒸汽机车退役前，悬挂于驾驶室车窗前部，由毛泽东侧面浮雕头像、红旗、麦穗、飘带等铜铸而成。

第九枚车徽。该车徽为"毛泽东号"1977年1月换型为DF4型内燃机车时使用，由毛泽东正面浮雕头像、金太阳和红旗等部分组成，"毛泽东号"四个字为时任中共中央主席华国锋题字。

第十枚车徽。该车徽为"毛泽东号"机车现用的车徽，自1979年使用至今，主要结构与第九枚车徽相同，"毛泽东号"四个字确定为标准宋体。

"毛泽东号"机车历任司机长

第一任：陈捷三（1946年10月至1947年6月）

辽宁省海城县（今海城市）人，中共党员。1935年到哈尔滨机务段工作。1946年"毛泽东号"机车命名时，经领导提名，担任首任司机长。在运输生产中，他代表车组响应"朱德号"机车组"月走行4000公里不出事故，保证完成冬季运输任务"为目标的挑战，带领车组成员吃住在宿营车上，克服各种困难，顺利完成冬季运输任务，被评为段劳动模范。

1947年1月，他出席哈尔滨铁路局首届劳模大会。1947年6月，被选送东北铁路职工学校学习。毕业后，历任哈尔滨机务段工会主席，依图里河机务段段长，加格达奇铁路分局机务科科长，哈尔滨铁路局机务科科长、机务处处长等职。1982年病逝。

第二任：李 永（1947年6月至1950年11月）

汉族，中共党员。早期在哈尔滨机务段工作，在哈尔滨铁路局首届劳模大会上被评为"二等劳动英雄"。

1947年冬，在他带领下，机车组主动要求专跑最困难的区段：哈尔滨——一面坡，全面完成军运任务。机车组荣立集体一等功，并获得"机车领袖"称号。1949年3月19日，加入中国共产党，成为机车组最早发展的三名党员之一。

在他任职三年多时间里，机车组建立"万宝箱"，成立第一个投报小组，制定"车不离人，人不离车"的安全措施，明确"停车就检查，有活就修理，有空就擦车"的要求。提出"宁叫机车等命令，不叫命令等机车""解故军打到哪里，铁路修到哪里，'毛泽东号'机车就开到哪里"等响亮口号。

机车组在支援解放战争中，试行"新行车制""循环运转制"，推行"包车负责制"，在抗美援朝中先后获得"机车旗帜""开路先锋""保养良好，走行安全""生产战线上的模范""生产战线打胜仗，保家卫国真英雄"等荣誉，荣立集体功一次，集体大功三次。实现安全走行20万公里。

1949年7月2日，在"全国铁路机务会议"上任命为"段长级司机"。1949年10月，出访苏联参加十月革命节庆祝活动。1950年9月25日，出席"全国工农兵劳动模范代表会议"期间，受到毛泽东、周恩来等党和国家领导人亲切接见。李永是机车组成员中第一个跨出国门和第一个受到毛主席接见并与毛主席握手的人，曾当选第一、二、三届全国人大代表，全国劳动模范。

1950年底，调至全国铁路总工会，先后任第五届、第七届委员会副主席。1951年2月1日，在"天津铁路全区庆功会"上荣记特等功并授予"特等功臣"称号。

1973年病逝。

第三任：郭树德（1950年12月至1952年4月）

黑龙江省巴彦县人，汉族，中共党员。1939年在哈尔滨机务段工作。1946年6月参加工人培训班，后担任自卫队指导员。1946年9月13日加入中国共产党，成为哈尔滨机务段解放后首批入党的6名成员之一。在"朱德号"机车组工作时，曾在军用列车制动失灵的危险情况下只身拧紧手闸，还曾为保证列车正点冒死钻进机车炉膛修整炉条。先后3次荣立大功，授予"特等劳动英雄""一等功臣"和全国劳动模范称号。

1948年8月，担任"毛泽东号"机车组第一任党小组长。先后与司机长李永研究商定13条改进劳动态度、加强小组团结的措施，明确每星期召开一次小组总结会的制度，初步形成班组管理模式。1949年3月随机车入关。11月在司机长李永出访苏联期间，带领机车组奉铁道部命令到郑州局推行包车负责制。

1950年12月26日接任司机长后，领导机车组成员在爱国主义劳动竞赛中向著名的马恒昌小组应战，建立一整套小组竞赛制度，总结出"好、快、狠、准、稳"等先进操纵法，提出"锹锹数、两两算"的口号，并建立机车组经济指标统计台账。曾当选全国第一、二、三届人大代表，第五届全国政协代表。1951年10月23日，作为特邀代表参加全国政协一届三次会议，毛泽东主席在郭树德的《毛泽东选集》扉页上亲笔签名。1952年4月，先后担任丰台机务段副段长、段长、革委会主任、党委书记等职。"文革"后期调铁道部任机务局副局长、环卫局副局长等职。

2004年病逝。

第四任：岳尚武（1952年4月至1956年1月）

黑龙江省阿城人，汉族，中共党员。原哈尔滨机务段检修工人。"毛泽东号"机车组入关时，为加强修车力量随车入关，先后担任司炉、副司机、司机。担任司机长后，制定了保证人身安全"车不停稳不上下，人不齐全不开车，联系不好不动车"制度。提出"一次出乘作业计划"要求。在1951年天津铁路第二次庆功大会上，评为"三等功臣"。1956年1月1日，铁道部根据"毛泽东号"机车组和各兄弟班组及有关部门的建议，作出了提高京山、京汉等6大干线牵引定数的决定。

任职期间，曾率领车组人员先后创造许多先进工作法，并组织对机车进行数十项技术革新和改造。曾获北京市、铁道部和全国先进生产者称号，当选为中共八大代表。曾以"毛泽东号"机车组代表身份参加中国人民赴朝慰问团，赴苏联参加世界青年联欢节。1956年离开机车组后，先后在沧县机务段、长治北机务段和焦作工程处、新乡分局综合技术室任职。

1985年病逝。

第五任：蔡连兴（1956年1月至1970年12月）

河北省唐山市人，汉族，中共党员。1941年参加铁路工作。担任"毛泽东号"机车组司机长期间，"毛泽东号"机车成为全路第一台实现安全走行100万公里的货运机车。在成绩面前，机车组提出"越困难越鼓劲，越顺利越谨慎，越忙乱越沉着，越有成绩越虚心"。1967年9月，机车组实现安全走行200万公里后，较系统地总结出具有自身特色的"毛泽东号"机车组基本经验和6种光荣传统。

1957年获北京市劳动模范称号，1959年获北京市先进生产者称号，1959年10月参加全国群英会。曾当选中共北京市三大代表，北京市第三、四、五届人大代表，北京市第五届政协委员。任职期间曾担当毛泽东主席专列的牵引任务。曾任北京铁路局革委会副主任和全国铁路工会副主席等职。

1998年病逝。

第六任：郭映福（1970年12月至1973年6月）

北京市丰台镇（今丰台区）人，汉族，中共党员。1943年参加铁路工作，1951年曾赴朝鲜参加抗美援朝。回国后选调"毛泽东号"机车组。任司机长期间，正处于"文革"时期，机车组南下武汉、徐州，北上包头，全力支援当地运输生产。在武汉曾担任毛泽东主席专列牵引任务。曾当选为中共九大代表，中共北京市委委员，第四、五届全国人大代表、常委会委员，第六届全国人大代表，后调北京铁路局任工会副主席、主席等职。中国共产党北京市第四届委员会委员。北京市第四次党员代表大会代表。北京市第七届人民代表大会代表。

2015年病逝。

第七任：陈福汉（1973年7月至1979年8月）

天津市武清县（今武清区）人，汉族，中共党员。1957年参加铁路工作。1959年12月选调"毛泽东号"机车组工作。任司机长期间，机车组实现了由蒸汽机车向内燃机车的过渡，实现安全走行300万公里。在"毛泽东号"蒸汽机车"37个字"的一次出乘作业标准基础上，制定了内燃机车"28个字"的一次出乘作业标准。曾当选第四、五届全国人大代表，中共十、十一、十二、十三大代表，第十一、十二届中央委员，全国劳动模范。先后任丰台机务段党委副书记，北京铁路分局副分局长，北京铁路局工会主任、副主席、主席、北京市总工会副主席等职。1978年全国铁路劳动模范、1978年全国铁路先进生产者、1978年北京市劳动模范、1979年全国劳动模范、1979年北京市劳动模范。1968年9月26日，陈福汉参加国庆观礼，受到毛主席接见。

第八任：高俊亭（1979年9月至1990年2月）

河北省饶阳县人，汉族，中共党员。1958年参加铁路工作，1964年选调"毛泽东号"机车组工作。1971年7月至1975年11月到坦桑尼亚援建坦赞铁路。回国后继续在"毛泽东号"机车组工作。任司机长期间，进一步完善了"一次出乘作业标准化程序"，实现安全走行400万、500万公里。1981年获北京市劳动模范称号，1982年获全国铁路劳动模范称号、北京市先进生产者称号，1984年北京市特等劳动模范，1985年获全国五一劳动奖章，1989年获全国劳动模范称号。1989年北京市"夺回损失、爱国立功竞赛"标兵。1989年9月28日，高俊亭出席"全国劳动模范及先进工作者表彰会"，受到党和国家领导人邓小平、江泽民、李鹏的接见。曾当选北京市第七、八届代表大会常务委员会委员。全国铁路总工会第九届执行委员会委员。

北京市第九届代表大会代表。北京铁路分局工会副主席。2015年病逝。

第九任：王志祥（1990年2月至1997年5月）

河北省安新县人，汉族，中共党员。任职期间在原"一次出乘作业标准化"基础上，结合车型变化、线路更新，与小组人员认真探讨并会同有关人员共同研究，制定出新的"毛泽东号"机车组"安全值乘作业法"。

1994年6月，实现安全行车600万公里。曾当选为丰台区、北京市人大代表。1990年北京市"迎亚运、创一流、增效益、爱国立功竞赛"标兵；1991年铁道部火车头奖章；1992年首都劳动奖章；1992年北京市"立主人志、创新水平、迎十四大、爱国立功竞赛"标兵；1993年北京市"爱国立功"标兵；1991年获铁道部"火车头"奖章；1992年获首都劳动奖章；1994年北京市职工职业道德标兵；1994年获铁道部劳动模范称号；1995年获全国劳动模范称号；1995年12月6日，中华人民共和国国歌60周年纪念音乐会上，受到江泽民主席亲切接见；1997年5月，任丰台机务段副段长。后任丰台机务段副段长、党委副书记。曾当选北京市第十届代表大会代表，中国共产党北京市第七届党员代表大会代表，全国铁路总工会第十届执行委员会委员。

第十任：葛建明（1997年5月至2005年5月）

北京市人，汉族，中共党员。1979年12月入伍，1982年2月11日到丰台机务段工作，先后任学习副司机、副司机、司机、司机长兼职支部书记。1984年2月至1985年12月选调"毛泽东号"机车组工作。1996年4月任"毛泽东号"机车所在车队指导司机。1997年5月任"毛泽东号"司机长。

任司机长期间，实现安全走行 700 万公里。2005 年 5 月任丰台机务段工会副主席。曾获 1999 年铁道部"火车头"奖章；1999 年被北京市总工会授予"首都楷模"光荣称号；2000 年被评为北京市劳动模范；同年被评为全国劳动模范。2002 年当选为北京市第十二届人大代表。

2008 年病逝。

第十一任：赵巨孝（2005 年 5 月至 2012 年 3 月）

北京市丰台镇人，汉族、中共党员。1991 年参加工作，北京市橡胶五厂工人。1996 年入路。先后担任学习副司机、副司机、司机、司机长兼职支部书记。1998 年 11 月至 2002 年 3 月曾在"毛泽东号"机车组工作。2002 年起分别担任京九专业组 DF4-7548、DF4-0040 机车组司机长，2003 年 6 月调回机车组工作，2005 年 5 月担任"毛泽东号"机车组司机长。

2011 年代表"毛泽东号"机车组在海南受到了胡锦涛总书记的接见。任职期间，他带领机车组成员实现完成安全走行 800900 万公里。2010 年 12 月 26 日换型 HXD3B 电力机车后，他带领机车组成员结合新机型总结出《电力机车 30 字作业法》《HXD3B 机车故障处理十九招》。2006 年荣获铁道部火车头奖章、北京市国资委优秀共产党员，2007 年当选为北京市第十次党代会代表，并获得全国五一劳动奖章、铁道部"优秀共产党员"称号，2010 年被评为全国劳动模范。2012 年任丰台运用车间安全副主任，2014 年任丰台机务段质检科、技术科科长，2016 年任丰台机务段党委组织助理员等职。

第十二任：刘钰峰（2012 年 4 月至 2018 年 12 月）

北京市良乡镇人，汉族，中共党员。1999 年入路，分配到丰台机务段工作，11 月份加入"毛泽东号"机车组，先后担任学习副司机、副司机、司机、副班组长、司机长。任职期间他带领机车组成员结束了 68 年牵引货物列车的历史，开启了牵引旅客列车的征程。他带领机车组成员结合现有使用机型，在原有客车操纵办法上，总结出了一套完整

的旅客列车"五字"平稳操纵法,即:稳、缓、明、精、省,进一步为旅客开好安全车、平稳车、放心车奠定了基础。

2014年12月25日"毛泽东号"机车第五次换型后,他和机车组成员牵引着T1次旅客列车,把"毛泽东号"机车开到了主席的家乡。随后,他带领机车组成员总结HXD3D机车故障处理办法、摸索出"毛泽东号"平稳节能的操作办法,并发表论文数篇。2014年实现了"毛泽东号"机车安全走行1000万公里大关。

2012年获北京铁路局"十大杰出青年"称号、首都劳动奖章,2013年获全国五一劳动奖章,2013年当选"全国工会十六大代表""全国铁路总工会十三届、十四届执委",2014年获"全路技术能手"称号,2015年获北京铁路局"最美京铁人敬业爱岗道德模范"称号,2016年获得"全国优秀共产党员"称号。

第十三任:王振强(2018年12月至今)

2020年12月,被授予北京市劳动模范荣誉称号;2021年4月27日,被中华全国总工会授予全国五一劳动奖章;2021年6月被评为"北京市优秀共产党员""中国铁路优秀共产党员";2022年,当选党的二十大代表。

"毛泽东号"的五次换型

第一代

首辆毛泽东号蒸汽机车1941年制造于大连沙河口工厂，型号为"ㄇㄉ1-304"号。这台机车最初隶属于哈尔滨机务段。机车及煤水车总重155.42吨，车轴排列为1—4—1式，动轮直径1500毫米，构造速度80公里/小时。

解放战争期间，"毛泽东号"机车承担着运送部队和战争物资的任务。当时有一句响亮的口号："解放军打到哪里，铁路修到哪里，'毛泽东号'就开到哪里。"从辽沈战役、淮海战役到平津战役，"毛泽东号"的英雄们冒着枪林弹雨，一次次地圆满完成任务。

1949年，这台在解放战争中立过汗马功劳的模范机车，来到了北京，留在丰台机务段，编入北京铁路分局的机车序列。

第二代

1977年2月，"毛泽东号"由蒸汽机车改为东风4型0002号车，型号是东风4型内燃机车，这是第二代"毛泽东"号机车。

1991年8月，"毛泽东号"又换成了新型车——东风4B型内燃机车，由当时铁道部部长李森茂选定的车号"1893"，以毛泽东同志诞辰年份命名。

第三代

　　2000 年 12 月 26 日，是毛泽东诞辰 107 周年的日子。由东风 4D 型 1893 号机车接过东风 4B 型 1893 号机车象征无限责任和荣耀的"毛泽东号"徽牌，这标志着"毛泽东号"第三次换型。

　　东风 4D 型 1893 号机车由大连机车车辆厂制造。2000 年 11 月 2 日该厂举行了交车仪式。北京丰台机务段"毛泽东号"第 10 任司机长葛建明带领他的包车组成员专程赶来参加了仪式。

第四代

　　2010 年 12 月 20 日，中国北车集团大连机车车辆有限公司装备"毛泽东号"机车第四次换型的和谐 3B 型 1893 号大功率交流传动电力机车正式交付。镶嵌在机车前面的铸铜喷金的毛泽东头像光彩照人。

　　在此次交付庆典上，北京丰台机务段和"毛泽东号"第十一任司机长赵巨孝，将写有"打造中国品牌，共铸事业辉煌"的锦旗，赠送给大连机车公司。

　　先后四次换型的"毛泽东号"机车见证了中国机车工业的发展历程。这台车功率 9600 千瓦，运输时速能达到 120 公里，这些车型都是货运机车里面最先进、最优越的。

第五代

　　2014 年 12 月 12 日 15 时 26 分，伴随着清脆的汽笛声和嘹亮的《东方红》乐曲，一台镶嵌"HXD3D1893"金色标识的"毛泽东号"机车，缓缓驶出大连机车公司出车场，交付北京铁路局。

　　升级后的新机车将长期担任京广线北京至长沙间 T1/2 次旅客列车牵引任务，单趟运行里程 1593 公里。机车纵跨北京、河北、河南、湖北、湖南"一市四省"，运行时间上行 16 小时 17 分钟，下行 15 小时 41 分钟。这也是"毛泽东号"机车历史上行驶距离最长的任务。

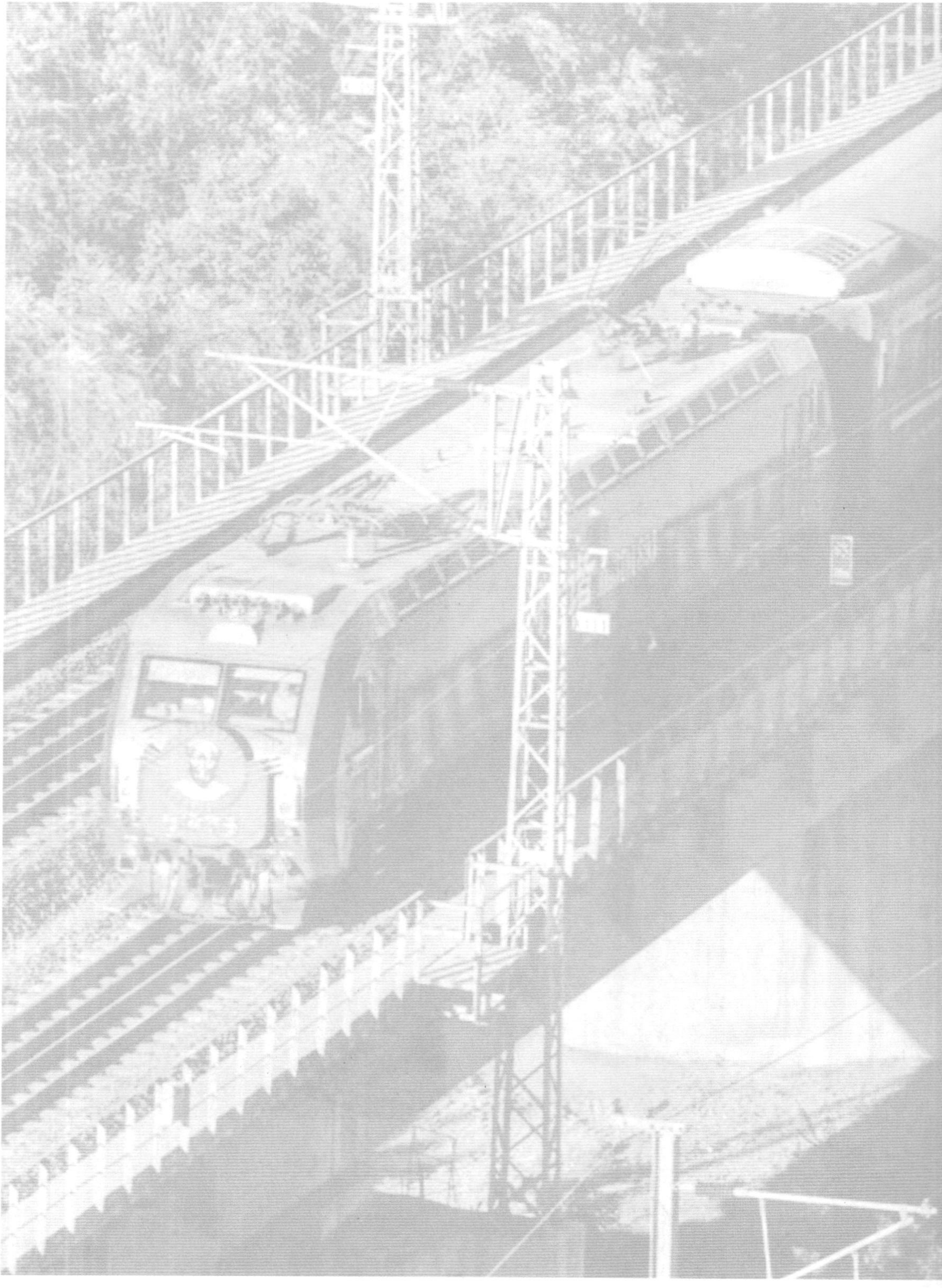

图书在版编目（CIP）数据

永远的"毛泽东号"/ 李蓉，齐中熙编著. —— 北京：外文出版社，2023.7
ISBN 978-7-119-13689-9

Ⅰ. ①永… Ⅱ. ①李… ②齐… Ⅲ. ①报告文学—中国—当代 Ⅳ. ① I25

中国国家版本馆 CIP 数据核字（2023）第125898号

出版指导：陆彩荣　胡开敏	图片提供：中国铁路北京局集团有限公司
出版统筹：杨春燕	中国铁道博物馆　新华社图片库
责任编辑：于晓欧	丰台机务段　陈福汉　孙立君
助理编辑：钱品颐	张树权　刘钰峰　王振强
装帧设计：一瓢文化·邱特聪	方伯凡　陈静美
印刷监制：王　争	

永远的"毛泽东号"

李　蓉　齐中熙　著

©2023 外文出版社有限责任公司

出 版 人：胡开敏
出版发行：外文出版社有限责任公司
地　　址：北京市西城区百万庄大街 24 号　　邮政编码：100037
网　　址：http://www.flp.com.cn　　电子邮箱：flp@cipg.org.cn
电　　话：008610-68320579（总编室）　　008610-68996181（编辑部）
　　　　　008610-68995852（发行部）　　008610-68996185（投稿电话）
印　　刷：北京瑞禾彩色印刷有限公司
经　　销：新华书店 / 外文书店
开　　本：787mm×1092mm　1/16
字　　数：248 千
印　　张：16.5
版　　次：2023 年 7 月第 1 版　2023 年 9 月第 1 版第 2 次印刷
书　　号：ISBN 978-7-119-13689-9
定　　价：78.00 元

版权所有 侵权必究　如有印装问题本社负责调换（电话：68996172）